金柠檬卷

EQ情商教育故事

小学生新课标课外读物

哈尔滨出版社

MU LU

目录

小学生新课标课外读物

MU LU

蜗牛创造的奇迹

wo niu chuang zao de qi ji

每三年召开一次的动物马拉松比赛开始了。裁判员狗熊手持望远镜注视着跑在最前面的猎豹，突然他听见一个很小的声音说："裁判先生，我跑到终点了！"狗熊低头一看，原来是一只蜗牛！

cái pàn zhǎng tuó niǎo dǎ liang zhe wō niú shuō　　nǐ zhēn shi cóng
裁判长鸵鸟打量着蜗牛说："你真是从

qǐ diǎn pǎo lái de ma　　zhēn de ya　　wō niú shuō　　wǒ bù guǎn
起点跑来的吗？""真的呀，"蜗牛说，"我不管

guā fēng xià yǔ　yán hán kù shǔ　　děng yi děng　děng yi děng
刮风下雨、严寒酷暑……""等一等，等一等，"

tuó niǎo yuè tīng yuè hú tu le　　nǐ jiū jìng pǎo le duō cháng shí jiān
鸵鸟越听越糊涂了，"你究竟跑了多长时间？"

wǒ zhǐ jì de kāi sài de shí hou wǒ hái hěn nián qīng　zài lù shang guò
"我只记得开赛的时候我还很年轻，在路上过

le sān ge xià tiān　sān ge dōng tiān　　tiān a　　cái pàn zhǎng
了三个夏天，三个冬天……""天啊！"裁判长

jīng hū dào　　zhè me shuō nǐ zài lù shang zhěng zhěng pǎo le sān nián
惊呼道，"这么说你在路上整整跑了三年！

nǐ cān jiā de shì shàng jiè bǐ sài ma　　nán
你参加的是上届比赛吗？""难

dào xiàn zài bú shì dì liù jiè mǎ lā
道现在不是第六届马拉

sōng ma　　bù　xiàn zài
松吗？""不，现在

shì dì qī jiè　　gǒu
是第七届！"狗

xióng shuō　　fēi
熊说，"非

cháng yí hàn
常遗憾，

nǐ de chéng
你的成

绩不能算数……"

"不，这是一个非常特殊的例子，"鸵鸟裁判长激动地说，"依我看，蜗牛是历届比赛中最杰出的运动员！有谁能像他那样一辈子矢志不渝地朝着一个目标前进呢？何况，蜗牛跑完马拉松的全程，这本身就是绝无仅有的奇迹！我建议给他颁发特别奖！"

蜗牛获了奖，他说："我战胜了所有艰难险阻，每克服一道难关我都感到无比喜悦……"

EQ点拨

蜗牛参加马拉松比赛，凭着顽强的毅力用了三年时间终于到达了终点，这是一种多么可贵的精神啊！小朋友们，我们要向小蜗牛学习，只要向着自己的目标努力，一定会走向成功的彼岸！

小熊弗特拉

xiao xiong fu te la

wán jù diàn li yǒu yì zhī tè bié
玩具店里有一只特别
kě ài de wán ǒu xiǎo xióng   tā jiào fú
可爱的玩偶小熊，它叫弗
tè lā   yí gè lù guò zhè lǐ de xiǎo nǚ
特拉。一个路过这里的小女
háir   xiǎng yào fú tè lā   dàn tā de
孩儿想要弗特拉，但她的
mā ma yīn wèi xiǎo xióng bēi dài kù shang diào le yì kē niǔ kòu suǒ yǐ
妈妈因为小熊背带裤上掉了一颗纽扣，所以
méi yǒu mǎi   dào le wǎn shang   wán jù diàn guān mén le   fú tè lā
没有买。到了晚上，玩具店关门了，弗特拉
qiāo qiāo pá xià huò jià   xún zhǎo diū shī de niǔ kòu   tā zǒu lái zǒu
悄悄爬下货架，寻找丢失的纽扣。它走来走
qù   tū rán kàn jiàn yì zhāng chuáng diàn shang yǒu yì kē niǔ kòu hé zì
去，突然看见一张床垫上有一颗纽扣和自
jǐ de niǔ kòu yì mú yí yàng   fú tè lā lì kè tiào shàng chuáng diàn
己的纽扣一模一样。弗特拉立刻跳上床垫

jiǎn niǔ kòu　kě shì　zhè kē niǔ kòu bèi láo láo de féng zài diàn zi
捡纽扣，可是，这颗纽扣被牢牢地缝在垫子

shàng miàn le　fú tè lā zhǐ hǎo shǐ jìnr　de lā　kā　de yì
上面了。弗特拉只好使劲儿地拉，"咔"的一

shēng　xiàn bèi lā duàn le　fú tè lā bèi tán chū lǎo yuǎn　hái bù
声，线被拉断了，弗特拉被弹出老远，还不

xiǎo xīn pèng dǎo le yí gè bēi zi　bēi zi shuāi zài dì shang de shēng
小心碰倒了一个杯子。杯子摔在地上的声

xiǎng jīng dòng le zhèng zài shuì jiào de shān yáng nǎi nai　shān yáng
响惊动了正在睡觉的山羊奶奶——山羊

nǎi nai zài wán jù diàn de chú guì li yǐ jīng dāi le sān ge yuè le
奶奶在玩具店的橱柜里已经待了三个月了。

shān yáng nǎi nai gào su fú tè lā　tā de niǔ kòu zài chōu ti
山羊奶奶告诉弗特拉，它的纽扣在抽屉

li　shì diàn zhǔ rén fàng zài nà lǐ de　yú shì　fú tè
里——是店主人放在那里的。于是，弗特

lā zài shān yáng nǎi nai de bāng zhù xià féng hǎo le zì jǐ bēi dài kù
拉在山羊奶奶的帮助下缝好了自己背带裤

shang de kòu zi bìng jiāng chuáng diàn shang de niǔ kòu huán le huí
上的扣子，并将床垫上的纽扣还了回

qù zhè jiàn shì ràng fú tè lā rèn shi dào yǒng yuǎn zhǐ néng ná shǔ
去。这件事让弗特拉认识到，永远只能拿属

yú zì jǐ de dōng xi dì èr tiān nà ge xiǎo gū niang dú zì lái
于自己的东西。第二天，那个小姑娘独自来

dào wán jù diàn kàn dào wán hǎo wú sǔn de fú tè lā tā jīng qí jí
到玩具店，看到完好无损的弗特拉，她惊奇极

le yú shì háo bù yóu yù de mǎi xià le tā fǎng fú shì duì fú tè
了，于是毫不犹豫地买下了它，仿佛是对弗特

lā de chéng shí hé nǔ lì zhuī qiú wán měi de jiǎng shǎng
拉的诚实和努力追求完美的奖赏……

生活中的事物有很多是不完美的，但我们可以通过自己的努力使其接近完美。因此，从小就做一个追求完美的孩子吧！用积极向上的心去创造更加美好的明天！

不服老的火车头

bu fu lao de huo che tou

huǒ chē tóu lǎo le hún shēn dōu biàn de hēi yǒu
火车头老了，浑身都变得黑黝

yǒu de yě bú xiàng yǐ qián nà yàng yǒu lì qi le
黝的，也不像以前那样有力气了。

tiě lù shang de wéi hù yuán shū shu dōu quàn lǎo huǒ chē tóu tuì xiū kě
铁路上的维护员叔叔都劝老火车头退休，可

lǎo huǒ chē tóu shuō wǒ hái néng zài zuò diǎnr shén me ne wǒ hěn
老火车头说："我还能再做点儿什么呢，我很

xǐ huan hái zi néng bu néng ràng wǒ hé hái zi men zài yì qǐ ne
喜欢孩子，能不能让我和孩子们在一起呢？"

wéi hù yuán shū shu xiǎng zěn yàng cái néng ràng lǎo huǒ chē tóu
维护员叔叔想：怎样才能让老火车头

hé hái zi men zài yì qǐ ne ò duì le ér tóng gōng yuán li gāng
和孩子们在一起呢？哦，对了，儿童公园里刚

jiàn hǎo le tiě guǐ ràng lǎo huǒ chē tóu dào nà lǐ qù tā hái kě yǐ
建好了铁轨，让老火车头到那里去，它还可以

zài nà lǐ fā guāng fā rè
在那里发光发热。

EQ点拨

你是不是有许多玩具啊,玩具陪你度过了很多美好的时光,可能一些玩具已经不适合你了,就把它们送给弟弟妹妹们,让玩具们继续发光发热吧!

yú shì lǎo huǒ chē tóu lái dào le ér tóng gōng yuán zhěng tiān
于是,老火车头来到了儿童公园,整天

bù zhī pí juàn de zài tiě guǐ shang máng lù
不知疲倦地在铁轨上 忙碌

zhe suī rán kāi de hěn màn dàn kàn
着,虽然开得很慢,但看

dào hái zi men de xiào liǎn tīng dào tā
到孩子们的笑脸,听到他

men de huān hū shēng
们的欢呼声,

lǎo huǒ chē tóu fǎng fú
老火车头仿佛

nián qīng le xǔ duō
年轻了许多。

勇敢药丸
yong gan yao wan

duō duo shì ge dǎn xiǎo de hái
多多是个胆小的孩
zi   zǒu dào nǎ lǐ dōu lí bu kāi mā
子，走到哪里都离不开妈
ma   shén me shì qing dōu děi kào mā ma bāng
妈，什么事情都得靠妈妈帮
zhù   kě shì   yuè shì zhè yàng   duō duo de dǎn zi jiù
助。可是，越是这样，多多的胆子就
yuè xiǎo   mā ma hěn fàn chóu   rú guǒ duō duo yì zhí zhè yàng gāi zěn me
越小。妈妈很犯愁，如果多多一直这样该怎么
bàn ne   zhè ge néng bǎ xiǎo māo xiǎng xiàng chéng lǎo hǔ de hái zi shén
办呢，这个能把小猫想象成老虎的孩子什
me shí hou cái néng lí kāi mā ma de huái bào ne
么时候才能离开妈妈的怀抱呢？

duō duo de mā ma shì yào diàn de yào jì shī   suǒ yǐ mā ma jué
多多的妈妈是药店的药剂师，所以妈妈决
dìng gěi duō duo pèi yì xiē kě yǐ shǐ tā de dǎn zi dà qi lai de yào
定给多多配一些可以使他的胆子大起来的药，

比如"大胆丸"、"勇敢片"。妈妈决定试验一下自己的成果，于是给多多吃了一颗"大胆丸"，然后让他到十里以外的外婆家去。走到一半路程的时候，多多还能勇敢地向前走，可是走到山间的小路时，丛林里飞出来的一只小鸟把多多吓坏了，他大声地哭着

jiào mā ma　　gēn zài hòu miàn de mā ma tīng dào tā de kū shēng　bù dé
叫妈妈,跟在后面的妈妈听到他的哭声,不得

bù pǎo chu lai bào tā　hǒng tā　　mā ma zhè cái zhī dào　yào wù zhǐ
不跑出来抱他、哄他。妈妈这才知道,药物只

néng zàn shí guǎn yòng　　yào xiǎng ràng duō duo biàn de yǒng gǎn　bì xū
能暂时管用,要想让多多变得勇敢,必须

zài píng shí de shēng huó zhōng jiā qiáng duàn liàn cái xíng
在平时的生活中加强锻炼才行。

每一个孩子都想做一个勇敢的人,但怎样才能成为一个勇敢的孩子呢?就如故事中多多的妈妈所想,药物不会真正让人变得勇敢起来,要想真正勇敢,必须在平时的生活中加强锻炼。

一个新朋友
yi ge xin peng you

xiǎo gǒu wāng wang 小狗汪汪、xiǎo hóu tiào tiao hé xiǎo lù bēn ben shì fēi小猴跳跳和小鹿奔奔是非

cháng yào hǎo de péng you 常要好的朋友，tā men jīng cháng zài yì qǐ wánr他们经常在一起玩儿。

zhè tiān sān ge huǒ bàn zhèng zài shù lín li dàng qiū qiān yí这天，三个伙伴正在树林里荡秋千，一

gè shēn shang chā mǎn jiàn de dòng wù zǒu guo个身上插满箭的动物走过

lai kàn shang qu tā jiù xiàng zài dì shang gǔn来，看上去他就像在地上滚

dòng de jù dà máo guǒ zǒu qǐ动的巨大毛果，走起

lù lai sù sù zuò xiǎng路来簌簌作响。

nǐ men hǎo wǒ"你们好，我

néng hé nǐ men yì qǐ能和你们一起

玩儿吗?"身上插满箭的动物说。汪汪摇摇头说:"你全身都是刺儿,真可怕。"

小猴子跳跳走过去,抓抓腮帮子说:"我们怎么不认识你呀?"

"我是箭猪,虽然浑身带刺儿,但我没坏心眼儿。你们能和我交朋友吗?"

"我们又多了一个新朋友。"

小猴子见箭猪说得很诚恳,便回头对大伙儿说。"是啊!

是啊!"大家一起拍起手来。

四个小伙伴玩儿得

<ruby>高<rt>gāo</rt></ruby><ruby>兴<rt>xìng</rt></ruby><ruby>极<rt>jí</rt></ruby><ruby>了<rt>le</rt></ruby>。<ruby>忽<rt>hū</rt></ruby><ruby>然<rt>rán</rt></ruby>，<ruby>跳<rt>tiào</rt></ruby><ruby>跳<rt>tiao</rt></ruby><ruby>发<rt>fā</rt></ruby><ruby>现<rt>xiàn</rt></ruby><ruby>东<rt>dōng</rt></ruby><ruby>边<rt>bian</rt></ruby><ruby>来<rt>lái</rt></ruby><ruby>了<rt>le</rt></ruby><ruby>一<rt>yì</rt></ruby><ruby>只<rt>zhī</rt></ruby><ruby>恶<rt>è</rt></ruby><ruby>狼<rt>láng</rt></ruby>。<ruby>汪<rt>wāng</rt></ruby><ruby>汪<rt>wang</rt></ruby><ruby>指<rt>zhǐ</rt></ruby><ruby>着<rt>zhe</rt></ruby><ruby>南<rt>nán</rt></ruby><ruby>边<rt>bian</rt></ruby><ruby>说<rt>shuō</rt></ruby>：“<ruby>不<rt>bù</rt></ruby><ruby>好<rt>hǎo</rt></ruby>，<ruby>南<rt>nán</rt></ruby><ruby>边<rt>bian</rt></ruby><ruby>来<rt>lái</rt></ruby><ruby>了<rt>le</rt></ruby><ruby>一<rt>yì</rt></ruby><ruby>只<rt>zhī</rt></ruby><ruby>大<rt>dà</rt></ruby><ruby>老<rt>lǎo</rt></ruby><ruby>虎<rt>hǔ</rt></ruby>！”<ruby>他<rt>tā</rt></ruby><ruby>们<rt>men</rt></ruby><ruby>三<rt>sān</rt></ruby><ruby>个<rt>gè</rt></ruby><ruby>拉<rt>lā</rt></ruby><ruby>着<rt>zhe</rt></ruby><ruby>箭<rt>jiàn</rt></ruby><ruby>猪<rt>zhū</rt></ruby><ruby>准<rt>zhǔn</rt></ruby><ruby>备<rt>bèi</rt></ruby><ruby>向<rt>xiàng</rt></ruby><ruby>北<rt>běi</rt></ruby><ruby>边<rt>bian</rt></ruby><ruby>逃<rt>táo</rt></ruby><ruby>走<rt>zǒu</rt></ruby>。<ruby>可<rt>kě</rt></ruby><ruby>是<rt>shì</rt></ruby>，<ruby>抬<rt>tái</rt></ruby><ruby>头<rt>tóu</rt></ruby><ruby>一<rt>yí</rt></ruby><ruby>看<rt>kàn</rt></ruby>，<ruby>一<rt>yì</rt></ruby><ruby>头<rt>tóu</rt></ruby><ruby>凶<rt>xiōng</rt></ruby><ruby>猛<rt>měng</rt></ruby><ruby>的<rt>de</rt></ruby><ruby>狮<rt>shī</rt></ruby><ruby>子<rt>zi</rt></ruby><ruby>正<rt>zhèng</rt></ruby><ruby>向<rt>xiàng</rt></ruby><ruby>这<rt>zhè</rt></ruby><ruby>里<rt>lǐ</rt></ruby><ruby>走<rt>zǒu</rt></ruby><ruby>来<rt>lái</rt></ruby>。<ruby>这<rt>zhè</rt></ruby><ruby>时<rt>shí</rt></ruby>，<ruby>箭<rt>jiàn</rt></ruby><ruby>猪<rt>zhū</rt></ruby><ruby>摸<rt>mō</rt></ruby><ruby>摸<rt>mo</rt></ruby><ruby>身<rt>shēn</rt></ruby><ruby>上<rt>shang</rt></ruby><ruby>的<rt>de</rt></ruby><ruby>刺<rt>cì</rt></ruby><ruby>儿<rt>r</rt></ruby><ruby>说<rt>shuō</rt></ruby>：“<ruby>我<rt>wǒ</rt></ruby><ruby>有<rt>yǒu</rt></ruby><ruby>一<rt>yí</rt></ruby><ruby>个<rt>gè</rt></ruby><ruby>好<rt>hǎo</rt></ruby><ruby>办<rt>bàn</rt></ruby><ruby>法<rt>fǎ</rt></ruby>。”

“<ruby>你<rt>nǐ</rt></ruby><ruby>有<rt>yǒu</rt></ruby><ruby>什<rt>shén</rt></ruby><ruby>么<rt>me</rt></ruby><ruby>办<rt>bàn</rt></ruby><ruby>法<rt>fǎ</rt></ruby>？”<ruby>汪<rt>wāng</rt></ruby><ruby>汪<rt>wang</rt></ruby>、<ruby>跳<rt>tiào</rt></ruby><ruby>跳<rt>tiao</rt></ruby><ruby>和<rt>hé</rt></ruby><ruby>奔<rt>bēn</rt></ruby><ruby>奔<rt>ben</rt></ruby><ruby>一<rt>yì</rt></ruby><ruby>齐<rt>qí</rt></ruby><ruby>问<rt>wèn</rt></ruby>。

“<ruby>我<rt>wǒ</rt></ruby><ruby>身<rt>shēn</rt></ruby><ruby>上<rt>shang</rt></ruby><ruby>的<rt>de</rt></ruby><ruby>刺<rt>cì</rt></ruby><ruby>儿<rt>r</rt></ruby><ruby>就<rt>jiù</rt></ruby><ruby>是<rt>shì</rt></ruby><ruby>箭<rt>jiàn</rt></ruby>，<ruby>可<rt>kě</rt></ruby><ruby>以<rt>yǐ</rt></ruby><ruby>射<rt>shè</rt></ruby><ruby>他<rt>tā</rt></ruby><ruby>们<rt>men</rt></ruby><ruby>呀<rt>ya</rt></ruby>！”<ruby>箭<rt>jiàn</rt></ruby><ruby>猪<rt>zhū</rt></ruby><ruby>说<rt>shuō</rt></ruby>。

<ruby>于<rt>yú</rt></ruby><ruby>是<rt>shì</rt></ruby>，<ruby>箭<rt>jiàn</rt></ruby><ruby>猪<rt>zhū</rt></ruby><ruby>从<rt>cóng</rt></ruby><ruby>身<rt>shēn</rt></ruby><ruby>上<rt>shang</rt></ruby><ruby>拔<rt>bá</rt></ruby><ruby>下<rt>xià</rt></ruby><ruby>箭<rt>jiàn</rt></ruby>。<ruby>好<rt>hǎo</rt></ruby>！<ruby>小<rt>xiǎo</rt></ruby><ruby>猴<rt>hóu</rt></ruby><ruby>子<rt>zi</rt></ruby><ruby>跳<rt>tiào</rt></ruby>

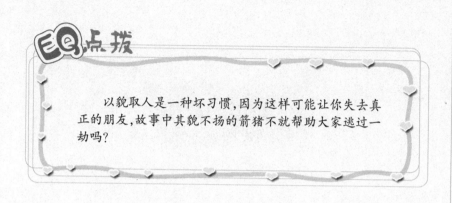

EQ点拨

以貌取人是一种坏习惯,因为这样可能让你失去真正的朋友,故事中其貌不扬的箭猪不就帮助大家逃过一劫吗?

tiào de jiàn fǎ zhēn zhǔn　zhè yí jiàn zhèng shè zài shī zi dà wáng de
跳的箭法真准,这一箭正射在狮子大王的
zuǐ chún shang　téng de tā zhí jiào huan　diào tóu táo zǒu le
嘴唇上,疼得他直叫唤,掉头逃走了。

xiǎo huǒ bàn men yòu bǎ jiàn shè xiàng è láng hé
小伙伴们又把箭射向恶狼和
lǎo hǔ　jiāng tā men dōu shè pǎo le　qǔ dé
老虎,将他们都射跑了,取得
le zuì hòu de shèng lì　wāng wang
了最后的胜利。汪汪、
tiào tiao hé bēn ben yì qí kuā jiàn zhū
跳跳和奔奔一齐夸箭猪
lì hai　jiàn zhū tīng le xīn
厉害,箭猪听了心
li gāo xìng jí le
里高兴极了。

小罗宾的故事
xiao luo bin de gu shi

yǒu ge nán háir　　jiào luó bīn　　tā cháng cháng
有个男孩儿叫罗宾，他常常

shòu dào tóng xué men de qī fu
受到同学们的欺负。

tā méi yǒu péng you　　zhǐ hǎo hé xiǎo niǎor
他没有朋友，只好和小鸟儿

yì qǐ wánr　　tā zǒng shì bǎ zì jǐ de fàn cài
一起玩儿。他总是把自己的饭菜

fēn chū yí bànr　　gěi
分出一半儿给

xiǎo niǎor　　men chī
小鸟儿们吃。

yì tiān　　yì zhī
一天，一只

yún què luò dào luó bīn
云雀落到罗宾

de jiān bǎng shang duì
的肩膀上对

他说:"我是云雀公主,为了感谢你常给我们鸟类食物,我可以满足你一个愿望。"

罗宾的愿望是让自己变高一些,于是云雀公主帮他实现了愿望。但是云雀公主让小罗宾保证不用它所给予的力量去伤害别人,更不许伤害鸟类,小罗宾答应了。然而变高的罗宾并没有按照自己承诺的那样去做,他渐渐地开始欺负小同学。在学校里,没有人敢惹他当然也没有人愿意和他一起玩儿。

罗宾因为善良而得到了云雀的帮助，但却又因为违背了当初的诺言而恢复了原样，所以，小朋友们要记住，我们可以用强大来保护弱小，却不可以用强大来欺负弱小。

luó bīn hái shi hěn gū dú　chángcháng yí gè rén wánr　bú
罗宾还是很孤独，常 常一个人玩儿。不
guò　tā xué huì le tāo niǎo dàn　dǎ niǎo　yè lǐ　luó bīn zuò le yí
过，他学会了掏鸟蛋、打鸟。夜里，罗宾做了一
gè mèng　zài mèng li　yún què gōng zhǔ chū xiàn le
个梦。在梦里，云雀公主出现了。

tā shuō　luó bīn　nǐ wéi bèi le dāng chū de nuò yán　suǒ yǐ
她说："罗宾，你违背了当初的诺言，所以
wǒ yào bǎ nǐ biàn huí yuán lái de mú yàng
我要把你变回原来的模样。"

zǎoshang luó bīn qǐ chuáng shí　fā xiàn
早上罗宾起床时，发现
zì jǐ de kù zi chángchū le yí dà jié　tā
自己的裤子长出了一大截，他
biàn huí le yuán lái de yàng
变回了原来的样
zi　　yòu dān bó yòu
子——又单薄又
shòu xiǎo
瘦小。

18

神奇的玉米
shen qi de yu mi

zhào dà shū jiā de mǔ zhū shēng
赵大叔家的母猪生

le yì qún kě ài de zhū bǎo bǎo xiǎo zhū
了一群可爱的猪宝宝，小猪

men kě ài jí le kě shì bù jiǔ mǔ zhū
们可爱极了。可是，不久母猪

de nǎi jiù bú gòu chī le yú shì zhào
的奶就不够吃了。于是赵

dà shū jiù ràng ér zi xiǎo quán qù
大叔就让儿子小泉去

jí shì shang mǎi sì liào
集市上买饲料。

zài qù jí shì
在去集市

de lù shang xiǎo
的路上，小

quán bǎ yí wèi
泉把一位

腿受伤的老人送到了医院。老人为了感谢

他，给了他一个纸包，并告诉他："这是一包经

过特殊栽培的玉米种子，用它种出的玉米做

饲料，营养丰富。"

小泉谢过老人，回家就把玉米种子

埋在了土里。不久，玉米苗就长出来了，

这些玉米苗长得比其他的玉

米苗要高很多倍，而且玉米棒还特

别大。不到两个月，这些玉米就

成熟了，赵大叔用这些玉米

来喂猪，果真是最

棒的饲料。

靠着这些

玉米的帮助，

赵大叔家的

xiǎo zhū men zhuó zhuàng de chéng zhǎng zhe   zhǎng de hǎo xiàng bǐ niú
小猪们苗壮地成长着，长得好像比牛

dú hái zhuàng ne   hěn kuài zhào dà shū jiù chéng le cūn li de yǎng zhí
犊还壮呢！很快赵大叔就成了村里的养殖

dà hù   zhào dà shū hái bǎ yù mǐ zhǒng zi fēn gěi le cūn mín   yīn wèi
大户。赵大叔还把玉米种子分给了村民，因为

tā zhī dào dà jiā gòng tóng fù yù cái shì zuì kuài lè de shì
他知道大家共同富裕才是最快乐的事。

quán cūn de rén dōu hěn gǎn xiè zhào dà shū   yīn wèi shì tā de
　　全村的人都很感谢赵大叔，因为是他的

shén qí yù mǐ ràng lǎo bǎi xìng men guò shàng le xìng fú de shēng huó
神奇玉米让老百姓们过上了幸福的生活，

xiǎo quán yě tīng shuō le zhè ge xiāo xi   tā xīn li yě tián zī zī de
小泉也听说了这个消息，他心里也甜滋滋的。

EQ点拨

　　赵大叔把神奇的玉米种子分给村民，让大家一起致富。家长可以借此教育孩子：和小朋友玩的时候，要把自己的玩具或者其他好玩的东西拿出来与大家一起分享，让孩子明白，与人分享才能得到更多的欢乐。

月儿游
yue er you

yè shēn le　　rén men dōu jìn rù le mèng
夜深了，人们都进入了梦

xiāng　　zhǐ yǒu yuè liang zhēng zhe wān wān de yǎn jing
乡，只有月亮睁着弯弯的眼睛，

yí dòng bú dòng de kàn zhe tā
一动不动地看着她

yǎng mù yǐ jiǔ de xiǎo huā yuán　　zhè shì duō měi de yí gè huā yuán
仰慕已久的小花园。这是多美的一个花园

a　　gāo gāo de shù　　dī dī de guàn mù cóng　　hái yǒu gè shì gè yàng
啊！高高的树，低低的灌木丛，还有各式各样

měi lì de huā ér　　yì tiáo xiǎo lù wān yán zhe shēn xiàng xiǎo zhǔ rén de
美丽的花儿，一条小路蜿蜒着伸向小主人的

fáng qián　　fáng zi de páng biān hái yǒu yí gè shǎn shǎn fā liàng de chí
房前，房子的旁边还有一个闪闪发亮的池

táng ne
塘呢！

yuè liang kàn zhe kàn zhe jiù dòng xīn le　　tā bù zhī bù jué de
月亮看着看着就动心了，她不知不觉地

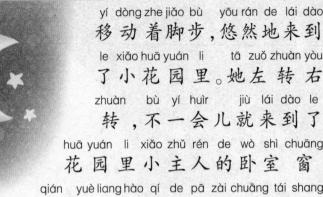

yí dòng zhe jiǎo bù yōu rán de lái dào
移动着脚步,悠然地来到

le xiǎo huā yuán li tā zuǒ zhuàn yòu
了小花园里。她左转右

zhuàn bù yí huìr jiù lái dào le
转,不一会儿就来到了

huā yuán li xiǎo zhǔ rén de wò shì chuāng
花园里小主人的卧室窗

qián yuè liang hào qí de pā zài chuāng tái shang
前。月亮好奇地趴在窗台上

kàn wū li yǒu hǎo duō hǎo wánr de dōng xi xiǎo sān lún chē xiǎo
看,屋里有好多好玩儿的东西:小三轮车、小

rén shū zhēn xiǎng fān yi fān xiǎo rén shū ya kě shì yuè
人书……"真想翻一翻小人书呀!"可是,月

liang hái xiǎng qù kàn yi kàn qí tā de dì fang biàn xià lóu lái dào le
亮还想去看一看其他的地方,便下楼来到了

kè tīng zhè lǐ bù zhì de fēi cháng bié zhì qiáng shang guà zhe huà
客厅,这里布置得非常别致,墙上挂着画,

bì lú shang de huā píng li zhuāng zhe xiān huā kè tīng páng biān jiù shì
壁炉上的花瓶里装着鲜花。客厅旁边就是

chú fáng le yuè liang zǒu jìn qu kàn dào zhuō zi shang fàng zhe měi wèi
厨房了,月亮走进去,看到桌子上放着美味

de shí wù zhè kě bǎ yuè liang chán huài le tā gāng yào chī de shí
的食物,这可把月亮馋坏了。她刚要吃的时

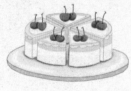

hou wú yì zhōng kàn le yí xià chú fáng de biǎo yā tiān yào liàng
候,无意中看了一下厨房的表,呀!天要亮

le tā gāi huí qù le yú shì yuè liang cōng cōng máng máng de huí
了,她该回去了。于是月亮匆匆忙忙地回

dào le tiān kōng kàn tā wān zhe yāo de yàng zi hǎo xiàng yǐ jīng lèi
到了天空,看她弯着腰的样子,好像已经累

de qì chuǎn xū xū le ne
得气喘吁吁了呢!

EQ点拨

　　生活中到处都是美,只要我们有一双发现美的眼睛。看看文中的月亮,她便作了一次有趣的旅行,看到了梦寐以求的小花园。小朋友们,你有没有梦想过去游历一下心中的"小花园"呢?

一字之师
yī zì zhī shī

táng dài de lǐ xiàng céng guān jū
唐代的李相曾官居

dà jiāng jūn yǐ yǒng gǎn yǒu móu lüè
大将军，以勇敢、有谋略

míng wén tiān xià tā shí zì bù duō què
名闻天下。他识字不多，却

piān piān xǐ ài dú shū suǒ yǐ
偏偏喜爱读书，所以

shí cháng dú cuò zì
时常读错字，

páng biān de xiǎo lì jué de hǎo xiào yòu
旁边的小吏觉得好笑又

bù gǎn shuō
不敢说。

yǒu yí cì lǐ xiàng dú shū shí jiàn xiǎo
有一次，李相读书时见小

lì de biǎo qíng yǒu biàn huà biàn wèn nǐ dú guo zhè běn shū ma
吏的表情有变化，便问："你读过这本书吗？"

xiǎo lì gǎn kuài huí dá　　xiǎo rén dú guo yì diǎnr
小吏赶快回答:"小人读过一点儿。"

nà wèi shén me dāng wǒ yì dú dào　　là　shí　nǐ de shén
"那为什么当我一读到'蜡'时,你的神

sè jiù hěn qí guài
色就很奇怪?"

xiǎo lì jiàn zhuàng　gǎn kuài guì xià dá dào　　wǒ de lǎo shī jiāo
小吏见状,赶快跪下答道:"我的老师教

wǒ dú　chūn qiū　jiāng shū sūn là
我读《春秋》,将叔孙蜡

de　là　dú chéng cuò
的'蜡'读成'错',

wǒ yì zhí yǐ wéi shì duì
我一直以为是对

de　　xiàn zài tīng dà rén rú
的。现在听大人如

cǐ dú　cái zhī dào yuán xiān
此读,才知道原先

wǒ dōu dú cuò le　yīn cǐ xīn
我都读错了,因此心

li hěn bú zì zai
里很不自在。"

lǐ　xiàng tīng le
李相听了

xiǎo lì de jiě shì
小吏的解释,

xīn li dùn gǎn
心里顿感

yí huò　　jiū
疑惑:"究

jìng shì tā de lǎo shī jiāo cuò le　hái shì wǒ dú cuò le ne
竟是他的老师教错了，还是我读错了呢？"

là　zhè ge zì　lǐ xiàng shì zhào lù dé míng de　jīng diǎn
"蜡"这个字，李相是照陆德明的《经典

shì wén　li de zhù yīn dú de　tā gǎn kuài cóng shū chú li qǔ chū nà
释文》里的注音读的。他赶快从书橱里取出那

běn shū gěi xiǎo lì kàn　xiǎo lì yí kàn jiù míng bai le　yuán lái shì
本书给小吏看。小吏一看就明白了，原来是

jiāng jūn bǎ yòng lái zhù yīn de zì de zì xíng kàn cuò le　yú shì xiǎo
将军把用来注音的字的字形看错了，于是小

lì biàn wěi wǎn de zhǐ chū le　lǐ xiàng dú cuò de yuán yīn
吏便委婉地指出了李相读错的原因。

lǐ xiàng cóng zuò wèi shang zhàn qǐ　jiāng xiǎo lì àn dào píng rì
李相从座位上站起，将小吏按到平日

tā zuò de yǐ zi shang
他坐的椅子上。

nà xiǎo lì huāng de gǎn kuài cóng zuò wèi shang tiào qǐ lai
那小吏慌得赶快从座位上跳起来，

shuō　dà ren shǐ bu de　bù néng
说："大人，使不得，不能

zhè yàng a　yǒu shén me shì fēn
这样啊！有什么事吩

fù xiǎo de qù zuò jiù shì
咐小的去做就是。"

lǐ xiàng zhěng le zhěng
李相整了整

yī guān　duì xiǎo lì gōng shēn
衣冠，对小吏躬身

xíng le bài shī lǐ　chēng tā
行了拜师礼，称他

wéi yí zì zhī shī
为"一字之师"。

yǐ hòu lǐ xiàng yí pèng
以后,李相一碰

dào dú bu tài zhǔn de zì dōu
到读不太准的字,都

huì xū xīn de wèn nà xiǎo lì
会虚心地问那小吏。

xiǎo lì fēi cháng pèi fú jiāng
小吏非常佩服将

jūn bù chǐ xià wèn de jīng
军不耻下问的精

shén jiāng zì jǐ cóng
神,将自己从

lǎo shī nà lǐ xué lái
老师那里学来

de suǒ yǒu zhī shi dōu
的所有知识都

háo wú bǎo liú de jiāo gěi le lǐ xiàng
毫无保留地教给了李相。

EQ点拨

　　在知识面前,人人都是平等的。学习知识的时候,你付出多少,就可以收获多少。所以,我们要养成谦虚好学的习惯,争取学到更多的知识。

山爷爷的耳朵
shan ye ye de er duo

　　méi huā lù shì shù lín li de gē shǒu　　tā měi tiān dōu huì gěi
梅花鹿是树林里的歌手，她每天都会给
dòng wù men chàng gē　měi cì tīng dào tā de gē shēng　dòng wù men
动物们唱歌，每次听到她的歌声，动物们
dōu kāi xīn jí le
都开心极了。

　　yì tiān　méi huā lù fā xiàn shān yé ye gū dú de zhàn zài shù
一天，梅花鹿发现山爷爷孤独地站在树
lín biān　méi huā lù wèn　　shān yé ye　wǒ
林边。梅花鹿问："山爷爷，我
chàng de hǎo tīng ma　　á　nǐ chàng gē le
唱得好听吗？""啊？你唱歌了
ma　wǒ zěn me méi tīng dào
吗？我怎么没听到
ya　　shān yé ye mí huò de
呀？"山爷爷迷惑地
shuō　méi huā lù tīng le　xīn
说。梅花鹿听了，心

xiǎng shān yé ye yí dìng shì nián líng dà le
想，山爷爷一定是年龄大了，

ěr duo bèi le zhè kě zěn me bàn ne
耳朵背了，这可怎么办呢？

duì le méi
对了，梅

huā lù tū rán gāo
花鹿突然高

xìng qi lai wǒ
兴起来："我

kě yǐ zhàn zài shān yé ye de
可以站在山爷爷的

miàn qián wèi tā chàng gē ya   yú shì méi huā lù jiù zhàn zài shān
面前为他唱歌呀！"于是，梅花鹿就站在山

yé ye miàn qián wèi tā chàng gē
爷爷面前为他唱歌。

méi huā lù hěn gāo xìng   yīn wèi shān yé ye tīng dào tā de gē
梅花鹿很高兴，因为山爷爷听到她的歌

shēng kāi xīn de xiào le
声开心地笑了。

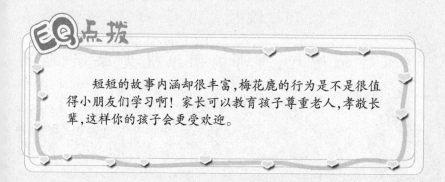

EQ点拨

　　短短的故事内涵却很丰富，梅花鹿的行为是不是很值得小朋友们学习啊！家长可以教育孩子尊重老人，孝敬长辈，这样你的孩子会更受欢迎。

饭团滚呀滚

fan tuan gun ya gun

lǎo yé ye měi tiān dào dì li gàn huór　lǎo nǎi nai jiù zuò xǔ
老爷爷每天到地里干活儿，老奶奶就做许

duō xiāng pēn pēn de fàn tuán gěi tā dài zhe　zhè tiān　dào chī fàn de shí
多香喷喷的饭团给他带着。这天，到吃饭的时

jiān le　lǎo yé ye ná qǐ yí gè fàn tuán gāng yào chī　fàn tuán què yí
间了，老爷爷拿起一个饭团刚要吃，饭团却一

xià diào zài le dì shang　gū lū lū de gǔn pǎo le
下掉在了地上，咕噜噜地滚跑了。

fàn tuán　fàn tuán　nǐ děng deng　lǎo yé ye zài
"饭团，饭团，你等等！"老爷爷在

hòu miàn zhuī gǎn　kě nà fàn tuán gǔn de gèng kuài le　yǎn kàn
后面追赶，可那饭团滚得更快了，眼看

zhe diào jìn yí gè dòng li qu le　lǎo
着掉进一个洞里去了。老

yé ye lái dào dòng biān　tīng jiàn
爷爷来到洞边，听见

cóng dòng li chuán chū le gē
从洞里传出了歌

声："饭团饭团滚进来，扑通、扑通，滚进我们家里来。"老爷爷从饭碗里又拿出一个饭团扔进洞里。咦？那声音又传出来了。老爷爷越听越高兴，就把饭团全扔进了洞里。他也忍不住跟着洞里的歌声边唱边跳起来，一不小心，自己掉进了洞里。

原来这是老鼠的家。有许多小老鼠围着老爷爷"吱吱"叫着："老爷爷，您的饭团真好吃，谢谢您啦！我们会报答您的！"说完，只见一只最大的老鼠走了过来，手里还拿着一个袋子，

tā bǎ lǎo yé ye sòng dào le dòng kǒu shuō lǎo yé ye nín yí
它把老爷爷送到了洞口,说:"老爷爷,您一

lù xiǎo xīn huí jiā hòu zài dǎ kāi zhè ge dài zi
路小心,回家后再打开这个袋子。"

lǎo yé ye huí dào jiā hòu jiù bǎ zhè jiàn shì hé lǎo nǎi nai shuō
老爷爷回到家后,就把这件事和老奶奶说

le lǎo nǎi nai tīng de hěn rù mí liǎng ge lǎo rén jī dòng de dǎ kāi le
了,老奶奶听得很入迷。两个老人激动地打开了

lǎo shǔ men sòng de dài zi zhǐ jiàn lǐ miàn quán dōu shì jīn yín cái bǎo
老鼠们送的袋子,只见里面全都是金银财宝。

lǎo yé ye hé lǎo nǎi nai cóng cǐ guò shàng le xìng fú de shēng huó
老爷爷和老奶奶从此过上了幸福的生活。

EQ点拨

　　因为老爷爷帮助了小老鼠,所以小老鼠送给他一袋金
银财宝。生活中我们去帮助他人,自然不是为了求得回报,
而是奉献自己的爱心,让我们生活的这个大集体更温暖。所
以,让我们学做一个有爱心的孩子吧。

鸽子为什么咕咕叫

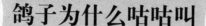

ge zi wei shen me gu gu jiao

hěn jiǔ hěn jiǔ
很久很久

yǐ qián yì zhī jiǎo huá de hú
以前，一只狡猾的狐

li chèn hēi yè tāo le yì zhī gōng
狸趁黑夜掏了一只公

gē zi hé yì zhī mǔ gē zi de wō bǎ
鸽子和一只母鸽子的窝，把

gē zi dàn rēng le yí dì liǎng zhī gē zi zěn me yě shí
鸽子蛋扔了一地，两只鸽子怎么也拾

bu qǐ gē zi dàn lai zhè yí mù qià qiǎo bèi yí wèi guò
不起鸽子蛋来，这一幕恰巧被一位过

lù de liè rén kàn jiàn le zài liè rén de bāng zhù
路的猎人看见了。在猎人的帮助

下，鸽子蛋被捡起来放在了鸽子窝里。这时，鸽子说话了："晚上那狐狸还要来的！"猎人想了想说："快去告诉所有的鸽子们，晚上都不要睡觉，如果狐狸来偷蛋吃，就把它引向陷阱。"

两只鸽子在森林里传开了猎人的话，它们一边飞，一边小声地嘱咐自己的伙伴：咕咕咕，别睡觉，咕咕咕，别睡觉，提防狐狸把窝掏！

果然，当天晚上狐狸就蹑手蹑脚地来到了鸽子窝前准备美餐一顿。没想到，正当它高兴的时候，脚下一软，"扑通"一声掉进了猎人早就挖好的陷阱里。

shù shang de gē zi men dōu kàn de qīng qīng chǔ chǔ dà huǒ gāo
树上 的鸽子们都看得清清楚楚，大伙高
xìng de duì zhe liè rén gū gū gū de jiào qi lai le cóng nà yǐ
兴地对着猎人"咕咕咕"地叫起来了。从那以
hòu xiǎo gē zi yì chū shēng jiù huì gū gū gū de jiào yuán lái
后，小鸽子一出生就会"咕咕咕"地叫，原来，
nà shì zài gǎn xiè sēn lín li de liè rén ne
那是在感谢森林里的猎人呢！

　　鸽子们在猎人的帮助下脱离了危险，它们用"咕咕"的
叫声来感谢猎人。孩子们，当你们在广场上看到"咕咕"叫
的鸽子时，你知道吗，那是鸽子们在向你问好呢！

皮皮和小牧童

pi pi he xiao mu tong

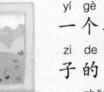

pí pi de chuáng tóu shang tiē zhe yì zhāng huà　huà shang yǒu
皮皮的 床 头 上 贴着一 张 画，画 上 有

yí gè qí zài lǎo huáng niú shēn shang chuī dí
一个骑在老 黄 牛 身 上 吹笛

zi de xiǎo mù tóng　pí pi hěn xǐ huan zhè
子的小 牧 童。皮皮很喜欢这

zhāng huà　tā měi tiān dōu duì zhe huà zhōng
张 画，他每天都对着画 中

de xiǎo mù tóng shuō huà
的小 牧 童 说 话。

zhè tiān　pí pi duì xiǎo mù
这天，皮皮对小 牧

tóng shuō　　xiǎo mù tóng a　　nǐ
童 说："小 牧 童 啊，你

néng xià lái péi wǒ wánr　ma　nǐ
能下来陪我玩儿吗？你

de dí zi chuī de hǎo tīng ma　shéi
的笛子吹得好听吗？"谁

zhī xiǎo mù tóng zhǎ ba zhǎ ba yǎn jing jiù cóng huà shang tiào le xià

知，小牧童眨巴眨巴眼睛，就从画上跳了下

lái tā chuī qǐ le dí zi hǎo tīng jí le xiǎo mù tóng jiāo pí pi

来，他吹起了笛子，好听极了。小牧童教皮皮

chuī dí zi tā men wánr de kě kāi xīn le

吹笛子，他们玩儿得可开心了。

pí pi xué huì le chuī dí zi biàn zài xiǎo huǒ bàn de miàn qián

皮皮学会了吹笛子，便在小伙伴的面前

chuī xiǎo huǒ bàn men xiàn mù jí le tā men dōu xiǎng gēn xiǎo mù tóng

吹，小伙伴们羡慕极了，他们都想跟小牧童

xué chuī dí zi pí pi shuō nà bù xíng xiǎo mù tóng shì wǒ jiā

学吹笛子。皮皮说："那不行，小牧童是我家

de tā zhǐ néng jiāo wǒ chuī dí zi xiǎo huǒ bàn men yì tīng jiù

的，他只能教我吹笛子。"小伙伴们一听，就

dōu bù hé pí pi wánr le pí pi shuō

都不和皮皮玩儿了。皮皮说：

wǒ kě yǐ hé xiǎo mù tóng yì qǐ wánr

"我可以和小牧童一起玩儿。"

kě shì pí pi huí jiā kàn huà shang de xiǎo

可是，皮皮回家看画上的小

mù tóng shí fā xiàn xiǎo mù tóng shēng qì le tā

牧童时，发现小牧童生气了，他

bǎng zhe liǎn　　yí fù hěn bù gāo xìng de
绷 着 脸，一 副 很 不 高 兴 的
yàng zi　xiǎo mù tóng yě bú xià lái hé
样 子，小 牧 童 也 不 下 来 和
pí pi wánr　　le　　yě bù chuī dí zi
皮 皮 玩 儿 了，也 不 吹 笛 子
gěi pí pi tīng le　　pí pi hěn jì mò　tā
给 皮 皮 听 了。皮 皮 很 寂 寞，他
zhǐ néng měi tiān zì yán zì yǔ　bù jiǔ　pí pi zhī dào zì jǐ nǎ lǐ
只 能 每 天 自 言 自 语。不 久，皮 皮 知 道 自 己 哪 里
cuò le　tā hòu huǐ le　duì xiǎo mù tóng shuō　　xiǎo mù tóng　wǒ bù
错 了，他 后 悔 了，对 小 牧 童 说："小 牧 童，我 不
gāi nà yàng duì xiǎo huǒ bàn men　wǒ cuò le　　wǒ bǎ tā men dōu jiào
该 那 样 对 小 伙 伴 们，我 错 了，我 把 他 们 都 叫
lái　nǐ jiào tā men chuī dí zi ba
来，你 教 他 们 吹 笛 子 吧！"
xiǎo mù tóng tīng pí pi zhè yàng shuō　biàn bú zài shēng qì le
小 牧 童 听 皮 皮 这 样 说，便 不 再 生 气 了，
tā yòu tiào le xià lái　pí pi jiào lái le xiǎo huǒ bàn men　tā men hé
他 又 跳 了 下 来。皮 皮 叫 来 了 小 伙 伴 们，他 们 和
xiǎo mù tóng zài yì qǐ wánr　de fēi cháng kāi xīn
小 牧 童 在 一 起 玩 儿 得 非 常 开 心。

EQ点拨

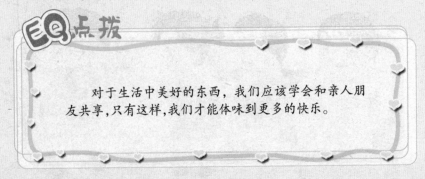

对于生活中美好的东西，我们应该学会和亲人朋
友共享，只有这样，我们才能体味到更多的快乐。

兔子的家
tu zi de jia

tù mā ma hé tù bà ba zhèng zài liáo tiān　hū rán　tù wō de
兔妈妈和兔爸爸正在聊天。忽然，兔窝的

shàng fāng chū xiàn le yí zhèn jù liè de huàng dòng　tù bà ba chū qù
上方出现了一阵剧烈的晃动，兔爸爸出去

yí kàn　lián máng xiàng wū li de tù mā ma dà hǎn　yǒu rén zài jué
一看，连忙向屋里的兔妈妈大喊："有人在掘

tǔ　kuài pǎo　tù mā ma hé tù bà ba gāng pǎo chu qu　wō jiù
土，快跑！"兔妈妈和兔爸爸刚跑出去，窝就

tā le
塌了。

wō tā le yǐ hòu　tā men táo
窝塌了以后，它们逃

dào le chéng shì li　zhè tiān　tù bà ba
到了城市里。这天，兔爸爸

fā xiàn yí hù rén jiā de mén kǒu yǒu yí gè
发现一户人家的门口有一个

tǔ duī　tǔ duī de xià miàn yǒu ge dòng
土堆，土堆的下面有个洞，

tā hé tù mā ma gāo xìng de
它和兔妈妈高兴地

zuān le jìn qù　tū rán
钻了进去。突然，

zhè hù rén jiā de yuàn mén kāi
这户人家的院门开

le　tù mā ma hé tù bà ba
了，兔妈妈和兔爸爸

jí máng táo chū le tǔ duī　jǐn zhāng de
急忙逃出了土堆，紧张地

kàn zhe mén kǒu
看着门口。

yí gè xiǎo nán háir　cóng mén li
一个小男孩儿从门里

zǒu le chū lái　zài tǔ duī biān shang fàng
走了出来，在土堆边上放

le yì kǔn cǎo　zhuǎn
了一捆草，转

身又进去了。兔爸爸和兔妈妈这才松了口气，

兔妈妈望了兔爸爸一眼，高兴地说："我们

终于有自己的家了。"从此以后，它们就在那

里住下了。其实，小男孩儿看到了兔爸爸和兔

妈妈，知道它们想要搬到这里来。小男孩儿是

一个善良的人，因此他每天都会在土堆边放

一些草，并默默地照顾着兔爸爸和兔妈妈的

生活……

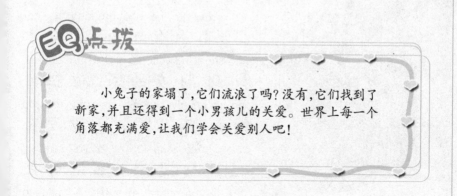

EQ点拨

小兔子的家塌了，它们流浪了吗？没有，它们找到了新家，并且还得到一个小男孩儿的关爱。世界上每一个角落都充满爱，让我们学会关爱别人吧！

冒死探友
mao si tan you

gǔ shí hou yǒu yí gè jiào xún jù bó de rén
古时候有一个叫荀巨伯的人，

tā tīng shuō zì jǐ de yí gè péng you dé le zhòng
他听说自己的一个朋友得了重

bìng jiù jí máng gǎn qù tàn wàng
病，就急忙赶去探望。

xún jù bó hǎo bù róng yì cái
荀巨伯好不容易才

zhǎo dào péng you de jiā tā dú zì
找到朋友的家。他独自

tǎng zài chuáng shang shēn biān méi yǒu
躺在床上，身边没有

rén zhào liào tā jiàn xún jù
人照料。他见荀巨

bó zhàn zài zì jǐ chuáng
伯站在自己床

qián jiù zhēng zhá zhe zuò qi
前，就挣扎着坐起

来对荀巨伯说：“匈奴的军队
就要打进城里了，你快回去
吧！”说完，他连声咳嗽起来。

荀巨伯赶快扶住
他，轻轻地拍着他
的背，说：“你
病得如
此之重，这
个时候我怎
能不管你呢？”

这时，一群匈奴兵闯进屋来，几十名
匈奴兵将两人团团围住，一个将军模样的
人看荀巨伯毫不畏惧，就问道：“全城的人都
逃光了，为何你还敢待在这里？”

“我的朋友得了重病，我不能丢下他不

小学生新课标课外读物

管。"荀巨伯大声地说。

nà jiāng jūn zǒu dào chuáng qián　jiàn xún jù bó de péng you guǒ
那将军走到床前，见荀巨伯的朋友果

rán bìng de bù qīng　tā xiǎng bu dào zài zhè lǐ jìng rán néng yù dào rú
然病得不轻。他想不到在这里竟然能遇到如

cǐ zhòng qíng zhòng yì de rén
此重情重义的人。

当天，匈

nú bīng jiù jìng qiāo qiāo
奴兵就静悄悄

de chè jūn huí qù le
地撤军回去了，

yīn wèi xún jù bó de
因为荀巨伯的

yì jǔ shǐ xiōng nú rén jué de zhè
义举使匈奴人觉得这

yàng de guó jiā shì bù kě zhàn shèng de
样的国家是不可战胜的。

EQ点拨

　　中华民族自古就有重情重义的传统美德，朋友之间都是以诚相待，义字当头。荀巨伯冒死探友的义举令人感动，我们要向荀巨伯学习这种舍身救友的精神。

猫老爹

mao lao die

cóng qián   yǒu ge jiào bèi bèi ān de nǚ háir   tā de hòu mǔ
从前，有个叫贝贝安的女孩儿，她的后母

duì tā yì diǎnr   dōu bù hǎo   měi tiān dōu dǎ tā
对她一点儿都不好，每天都打她。

bèi bèi ān bù kān rěn shòu hòu mǔ de nüè dài
贝贝安不堪忍受后母的虐待，

jiù táo dào le yí gè māo de wáng
就逃到了一个猫的王

guó zài nà lǐ
国，在那里

dāng qǐ le guǎn
当起了管

jiā jīng xīn
家，精心

de zhào gù
地照顾

zhe xiǎo māo
着小猫。

yì tiān māo lǎo diē bǎ bèi bèi ān lǐng dào dì jiào li   ràng tā
一天，猫老爹把贝贝安领到地窖里，让她

zài jīn shuǐ gāng li xǐ zǎo   bèi bèi ān xǐ wán hòu   tā de shēn shang
在金水缸里洗澡。贝贝安洗完后，她的身上

yǐ jīng chuān le yí jiàn jīn yī fu māo lǎo diē yòu zhǔ fù tā shuō   tīng
已经穿了一件金衣服。猫老爹又嘱咐她说："听

dào jī jiào shí nǐ jiù cháo jī zhuǎn guò liǎn
到鸡叫时，你就朝鸡转过脸。"

zài huí jiā de lù shang bèi bèi ān tīng dào yì shēng jī jiào
在回家的路上，贝贝安听到一声鸡叫，

yú shì biàn xiàng tā zhuǎn guò liǎn qu   tā de é tóu shang lì kè zhǎng
于是便向它转过脸去，她的额头上立刻长

chū le yì kē měi lì de jīn xīng
出了一颗美丽的金星。

yì tiān   yí gè wáng zǐ lù guò bèi bèi ān de jiā   yí xià zi
一天，一个王子路过贝贝安的家，一下子

jiù xǐ huan shàng le bèi bèi ān bìng jué dìng
就喜欢上了贝贝安，并决定

xiàng tā qiú hūn bèi bèi ān hòu mǔ de nǚ ér lì nà zhī dào zhè jiàn shì
向她求婚。贝贝安后母的女儿丽娜知道这件事

hòu jì dù de yào mìng yú shì jiù lái dào māo guó dǎo luàn māo lǎo
后,忌妒得要命,于是就来到猫国捣乱。猫老

diē yí qì zhī xià bǎ lì nà rēng jìn le yóu gāng bìng dīng zhǔ tā tīng
爹一气之下把丽娜扔进了油缸,并叮嘱她听

jiàn lú jiào shí jiù xiàng lú zhuǎn guò liǎn qu lì nà zhào zuò hòu é
见驴叫时就向驴转过脸去。丽娜照做后,额

tóu shang jìng rán zhǎng chū le yì tiáo nòng bu diào de lú wěi ba hòu
头上竟然长出了一条弄不掉的驴尾巴。后

lái zài wáng zǐ dài bèi bèi ān huí guó tú zhōng lì nà yòu lái dǎo
来,在王子带贝贝安回国途中,丽娜又来捣

luàn dàn shì què bèi māo lǎo diē zhì zhǐ le lì nà zhǐ hǎo huí jiā le
乱,但是却被猫老爹制止了,丽娜只好回家了。

贝贝安在猫国里精心照料着小猫,她的善良也得到了回报。相反,丽娜只能羞愧地回家了。善良的人到哪里都会有好运气,所以,小朋友们要做一个善良的人啊!

傻哥哥赫鲁鲁
sha ge ge he lu lu

小猪赫鲁鲁有了新邻居,新邻居家有三只小羊,因为没有小猪大,所以他们都管小猪叫哥哥。

这天,羊妈妈出去了,她托赫鲁鲁来照顾三只小羊,赫鲁鲁摆出哥哥的样子,对三只小羊说:"你们要听我的话!如果不听话,凶恶的狼来了,我可不管!"

"我们不怕狼!"三只小羊不在乎地说。

zhè xiē xiǎo jiā huo huó pō hào dòng　bù zhī dào láng yǒu duō kě
这些小家伙活泼好动，不知道狼有多可

pà　kàn yàng zi tǐng nán guǎn ne
怕，看样子挺难管呢。

hè lǔ lǔ wèi le ràng tā men kāi xīn　dī tóu wān yāo　ràng sān
赫鲁鲁为了让他们开心，低头弯腰，让三

zhī xiǎo yáng āi gèr　chēng zhe tā de bèi tiào guo qu　xiǎo yáng wánr
只小羊挨个儿撑着他的背跳过去，小羊玩儿

de kāi xīn jí le　hè lǔ lǔ lèi de hàn shuǐ cóng tóu shang zhí wǎng
得开心极了，赫鲁鲁累得汗水从头上直往

xià liú
下流。

dào zhōng wǔ le　hè lǔ lǔ ràng sān ge xiǎo táo qì shuì jiào
到中午了，赫鲁鲁让三个小淘气睡觉，

kě tā men zhǐ shì hēi hēi de xiào　jiù shì bù kěn shuì
可他们只是嘿嘿地笑，就是不肯睡。

赫鲁鲁不得不板起面孔，硬让三个小家伙闭上眼睛，然后把大被单横着盖在他们身上，并用几个钉子，把被单的两边钉在地板上。这样，三只小羊只能干瞪眼，不能动弹了！

赫鲁鲁心想：这回可以好好儿歇一会儿了。他走到院子里，靠在榆树底下，打算稍微休息一会儿。

背后什么声音？他回头一瞧，哎哟！一只大灰狼快要翻过篱笆啦！

赫鲁鲁吓得腿都软了，不知怎么办才好。

咦，大灰狼怎么在向后退，嗓音颤抖地说："我……我是路过这儿……没……没有坏心眼儿，我这就走，这就走……"

说着，大灰狼急忙爬过篱笆逃走了。

这是怎么啦?赫鲁鲁回头一看,屋子里出来一只大怪物。

"救命!怪……怪物来啦!"赫鲁鲁转身就逃,大叫大嚷。背后却传来三只小羊的笑声、喊声:"傻哥哥,是我们哪!"

哦,原来是三只小羊,老二骑在老大身上,老三骑在老二身上,大被单蒙头盖脸,还挥着枕头、拖把,真像一个怪物!他们从大被单里出来,高兴地蹦着、跳着。

zhè shí　yáng mā ma huí lái le
这时，羊妈妈回来了。

mā ma　mā ma　dà huī láng lái guo le　　sān zhī xiǎo yáng
"妈妈，妈妈，大灰狼来过了！"三只小羊

zhēng zhe shuō
争着说。

shén me　　yáng mā ma xià le　yí dà tiào
"什么？"羊妈妈吓了一大跳。

hè lǔ lǔ jiē guò huà tóu dào　　xìng kuī yǒu wǒ zài zhèr　　yào
赫鲁鲁接过话头道："幸亏有我在这儿，要

bù rán　　tā men sān ge kǒng pà zǎo jiù bèi dà huī láng chī le　　dàn
不然，他们三个恐怕早就被大灰狼吃了！"但

shì hè lǔ lǔ de huǎng yán lì kè bèi sān zhī xiǎo yáng jiē chuān le
是赫鲁鲁的谎言立刻被三只小羊揭穿了。

yáng mā mā tīng wán hòu kuā jiǎng le sān ge yǒng gǎn de hái zi　yě gào
羊妈妈听完后夸奖了三个勇敢的孩子，也告

su hè lǔ lǔ　　bù guǎn yù dào shén me yàng de dí rén　dōu yào yǒng
诉赫鲁鲁，不管遇到什么样的敌人，都要勇

gǎn　　zhǐ yǒu yǒng yú miàn duì tā　　cái yǒu kě néng jiāng tā dǎ bài　tīng
敢，只有勇于面对他，才有可能将他打败。听

le yáng mā ma de huà　hè lǔ lǔ de liǎn hóng le
了羊妈妈的话，赫鲁鲁的脸红了……

EQ点拨

　　傻哥哥赫鲁鲁本质是善良的，他认真细致地照顾着小羊，陪他们玩耍。调皮的小羊们假扮的大怪物还吓到他了呢，看了这个故事你是否会开怀大笑呢？孩子们，请记住：不管做什么，我们都要认真、勇敢、有责任心。

两兄弟和奶牛
liang xiong di he nai niu

cóng qián yǒu yí gè cái feng tā yǒu liǎng ge ér zi hé yì tóu
从前有一个裁缝,他有两个儿子和一头

nǎi niú
奶牛。

yǒu yí cì dà ér zi qù hé biān de mù chǎng fàng niú bàng
有一次,大儿子去河边的牧场放牛。傍

晚，该回家了。大儿子问："奶牛，你吃饱了吗？"

奶牛说："吃饱了，一片草叶也吃不下去了！"

大儿子把奶牛牵回了家。裁缝问："奶牛，你吃

饱了吗？"奶牛说："我哪里吃饱了啊！我仅吃

了几片草叶而已！"裁缝很生气，把大儿子赶

出了家门。

　　轮到二儿子放牛了。晚上，二儿子把奶牛

牵回了家。裁缝问奶牛吃饱了吗，奶牛也说没

吃饱，裁缝很生气，把二儿子也赶出了家门。

　　裁缝只好自己去放牛。他也把奶牛牵到

了那片牧场。傍晚，裁缝问奶牛同

yàng de wèn tí　　nǎi niú yī rán huí dá dào　　wǒ nǎ lǐ chī bǎo le
样的问题,奶牛依然回答道:"我哪里吃饱了

a　wǒ jǐn chī le jǐ piàn cǎo yè ér yǐ　　cái feng yì tīng lèng zhù
啊!我仅吃了几片草叶而已!"裁缝一听愣住

le　tā zhè cái zhī dào cuò guài le liǎng ge ér zi　yú shì　shēng qì
了,他这才知道错怪了两个儿子。于是,生气

de bǎ nǎi niú shā le
地把奶牛杀了。

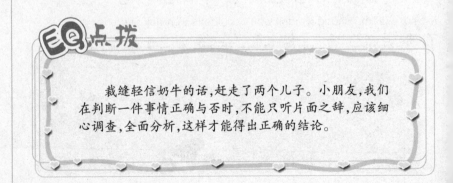

EQ点拨

　　裁缝轻信奶牛的话,赶走了两个儿子。小朋友,我们在判断一件事情正确与否时,不能只听片面之辞,应该细心调查,全面分析,这样才能得出正确的结论。

"三颗纽扣"的房子

san ke niu kou de fang zi

从前有个叫"三颗纽扣"的木匠,他做得一手好木匠活儿。可惜,他住的那个地方根本没人请他做活儿,他只好离开那里。

在走之前,"三颗纽扣"动手给自己做了一间可以移动的小木屋,木屋很小,从外面看起来只能容下他一个人。

一天半夜,外面下起大雨,"三颗纽扣"被一阵敲门声惊醒了。原来是一个可怜的

女人和两个孩子想借个地方避雨。"如果能容得下你们，就快进来吧！"

就这样，陆续有人来敲门，每次，"三颗纽扣"都让他们进来。不久，小木屋里就有12个人了。

天快亮时，又响起了一阵敲门声。"开门！快开门！""三颗纽扣"把门打开了，定神一看，竟然是国王。国王走进木屋，说："从外面看，这房子小得可怜，想不到里面却能

róng xià zhè me duō rén　　guó wáng yòu xiǎng le xiǎng jì xù shuō　　kàn
容下这么多人。"国王又想了想继续说："看

lái zhè fáng zi bú shì yòng mù liào zuò de　　ér shì yòng xīn zuò chéng
来这房子不是用木料做的，而是用心做成

de　yì kē shàn liáng de xīn néng gòu róng xià quán shì jiè de rén
的。一颗善良的心能够容下全世界的人。"

guó wáng yī yī xún wèn le mù wū li de rén　dāng tā dé zhī
国王一一询问了木屋里的人，当他得知

zhè xiē rén de bú xìng zhī hòu　cán
这些人的不幸之后，惭

kuì de shuō　　wǒ yì zhí yǐ wéi zì
愧地说："我一直以为自

jǐ shì ge hǎo guó wáng　dàn què bù
己是个好国王，但却不

zhī dào zài wǒ
知道在我

de guó jiā hái
的国家还

yǒu zhè me duō bú
有这么多不

xìng de rén
幸的人。"

tiān liàng le
天亮了，

yǔ yě tíng le　guó
雨也停了，国

wáng bǎ mù wū li suǒ yǒu de
王把木屋里所有的

rén dōu dài huí le wáng gōng
人都带回了王宫。

hòu lái guó wáng dài zhe   sān kē niǔ kòu   yì qǐ qù xún shì
后来,国王带着"三颗纽扣"一起去巡视

quán guó   tā yào qù bāng zhù suǒ yǒu yǒu kùn nan de rén
全国,他要去帮助所有有困难的人。

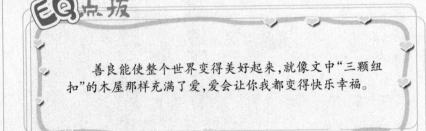

EQ点拨

　　善良能使整个世界变得美好起来,就像文中"三颗纽扣"的木屋那样充满了爱,爱会让你我都变得快乐幸福。

绿鳄鱼进城
lù e yu jin cheng

在一条大河边的沙滩上，住着一条寂寞的绿鳄鱼。

一天，有两个人走到河边看见了这条绿鳄鱼，叫了起来："好漂亮的一条鳄鱼！真想把它带到城里的鳄鱼商店去。"

"哇，这世界上还有个鳄鱼商店呀！"绿鳄鱼惊叫起来。它第一次听到这个名字，很想去看看。

一天晚上，绿鳄鱼爬上一条船，对渔夫

shuō　　　qǐng nín bǎ wǒ dài dào chéng li de è yú shāng diàn qù hǎo
说："请您把我带到城里的鳄鱼商店去,好

ma　　　è yú shāng diàn　　yú fū bù jiě de wèn
吗?""鳄鱼商店?"渔夫不解地问。

shì de　è yú shāng diàn wǒ xiǎng nàr　yí dìng shì wǒ men
"是的,鳄鱼商店。我想那儿一定是我们

è yú de lè yuán yǒu wǒ men ài chī de dōng xi yǒu wǒ men ài
鳄鱼的乐园,有我们爱吃的东西,有我们爱

wánr　de dōng xi　　shuō bu dìng hái yǒu xǔ duō hǎo péng you
玩儿的东西……说不定还有许多好朋友

ne　lǜ è yú yuè shuō yuè jī dòng
呢。"绿鳄鱼越说越激动。

hǎo xīn de yú fū bǎ è yú dài jìn
好心的渔夫把鳄鱼带进

chéng　yòu bǎ tā sòng
城,又把它送

到了鳄鱼商店。

没想到绿鳄鱼一进鳄鱼商店，就差一点儿气晕过去，这哪是一家为鳄鱼们服务的商店呀？原来是一家专门卖鳄鱼皮制品的商店！有鳄鱼皮做的皮包，鳄鱼皮做的皮鞋，鳄鱼皮做的皮带……这些东西把城里人打扮得很好看。

"可这些都是用我的伙伴儿的皮做成的啊！"绿鳄鱼哭了，眼泪流成了一条河。

"城里不好，鳄鱼商店不好！"伤心的绿鳄鱼离开了鳄鱼商店，又回到了它的家，回到大河边。不过，到城里去了一次，绿鳄鱼还真学会了不少东西呢。它教给鳄鱼们像城里人一样把自己打扮得漂漂亮亮的。它们把鲜

huā chā zài tóu shang　　bǎ shù yè dàng zuò pī jiān　zài chēng shàng yì
花插在头上，把树叶当做披肩，再撑上一

bǎ lù lù de hé yè sǎn
把绿绿的荷叶伞。

　　dāng rén men zài zǒu dào zhè tiáo dà hé biān shí　dōu jīng qí de
　　当人们再走到这条大河边时，都惊奇地

dà jiào qǐ lai　　wā　qiáo zhè xiē měi lì de è yú
大叫起来："哇，瞧这些美丽的鳄鱼！"

听到"鳄鱼商店"这个名字时，你能想到什么？人类应
该爱护动物，热爱自然，只有这样才能获得和谐的生活环
境。家长可以教育孩子从小就要做一个充满爱心的人。

北极的一株紫罗兰
bei ji de yi zhu zi luo lan

yì tiān zǎo chen　　yì zhī bái xióng zǎo zāor　　qǐ lái le　　tā wén
一天早晨，一只白熊早早儿起来了，他闻

dào le yì gǔ qí guài de xiāng wèi
到了一股奇怪的香味。

tā bǎ zhè jiàn shì qing gào su le jiā rén
他把这件事情告诉了家人。

gē ge　jiě jie　bà ba hé mā ma dōu gǎn lái
哥哥、姐姐、爸爸和妈妈都赶来

le　tā men zhǎo dào le
了。他们找到了

sàn fā chū xiāng qì de
散发出香气的

dōng xi　　yuán lái shì zhū mò shēng de huā ér
东西，原来是株陌生的花儿。

zhè ge qí tè de xiāo xi fēi kuài de chuán biàn le zhěng gè
这个奇特的消息飞快地传遍了整个

běi jí
北极。

hào qí de bái hú li tīng shuō le　　mǎ shàng pǎo lái le　　jiā zhù
好奇的白狐狸听说了，马上跑来了；家住

xī bó lì yà de shè xiāng niú tīng shuō le　　yě gǎn lái le。tā men dōu
西伯利亚的麝香牛听说了，也赶来了。他们都

lái xīn shǎng zhè zhū mò shēng de huā ér
来欣赏这株陌生的花儿。

bái hú li yòng lì de xī tā sàn fā de xiāng qì　　xiǎng duō zhàn
白狐狸用力地吸她散发的香气，想多占

diǎnr　　pián yi　　kě shì bái hú li fā xiàn　　huār　　de xiāng qì yì
点儿便宜，可是白狐狸发现，花儿的香气一

diǎnr　　yě méi yǒu jiǎn shǎo
点儿也没有减少。

gāng hǎo　　yǒu yì zhī hǎi ōu cóng yáo yuǎn de nán fāng fēi huí
刚好，有一只海鸥从遥远的南方飞回

lai。tā gào su dà jiā shuō　　zhè xiǎo
来。她告诉大家说："这小

dōng xi jiào zǐ luó lán　　jiā xiāng zài
东西叫紫罗兰，家乡在

hěn yáo yuǎn de dì fang
很遥远的地方。"

jiù zài nà tiān yè lǐ　　fā
就在那天夜里，发

shēng le　yí jiàn fēi cháng kě pà de
生了一件非常可怕的

shì qing　　yí wàng wú　jì　de bīng duàn liè chéng le　xǔ duō kuàir
事情，一望无际的冰断裂成了许多块儿。

zǐ luó lán bù tíng de sàn fā zhe nóng nóng de huā xiāng　　xiǎng jiāng xiāng
紫罗兰不停地散发着浓浓的花香，想将香

wèir　　chuán dào měi ge jiǎo luò　ràng suǒ yǒu de dòng wù dōu wén dào
味儿传到每个角落，让所有的动物都闻到，

hǎo gǎn kuài táo shēng　dòng wù men dōu huò jiù le
好赶快逃生，动物们都获救了。

tiān liàng le　　dà jiā
天亮了，大家

jīng yà de fā xiàn　　zǐ luó
惊讶地发现，紫罗

lán yǐ jīng kū wěi le　　dàn tā
兰已经枯萎了。但它

shēn shēn de liú zài le dòng wù men
深深地留在了动物们

de xīn zhōng
的心中。

EQ点拨

　　勇敢而无私的紫罗兰冒着生命危险来到北极，它给那里的动物们送去了芳香，让整个北极认识了它。这种执著与坚毅让我们久久难忘，孩子们，你们是否也想做一个无私的人呢？

天堂和地狱
tian tang he di yu

cóng qián yǒu yí gè lǎn duò yòu zì sī de
从 前 有 一 个 懒 惰 又 自 私 的

rén jiào niú shēng　　yì tiān　　niú shēng zuò le ge mèng　　tā
人 叫 牛 生 。一 天 ，牛 生 做 了 个 梦 ，他

mèng jiàn yí gè shén xiān dài zhe tā fēi shàng le tiān　　tā wèn
梦 见 一 个 神 仙 带 着 他 飞 上 了 天 。他 问

shén xiān　　　wǒ men zhè shì qù nǎr　　a　　shén xiān méi yǒu
神 仙 ："我 们 这 是 去 哪 儿 啊 ？"神 仙 没 有

huí dá　　ér shì bǎ tā dài dào le yí gè wū zi li　　nà lǐ
回 答 ，而 是 把 他 带 到 了 一 个 屋 子 里 。那 里

yǒu yí gè dà yuán zhuō　　zhuō shang yǒu fēng shèng de shí wù
有 一 个 大 圆 桌 ，桌 上 有 丰 盛 的 食 物 ，

dōu shì niú shēng ài chī de　　tā xiǎng　　wǒ dào le tiān táng
都 是 牛 生 爱 吃 的 ，他 想 ：我 到 了 天 堂

a　　kě shì wū zi li de rén gè gè dōu miàn huáng jī
啊 。可 是 屋 子 里 的 人 个 个 都 面 黄 肌

shòu　　yuán lái tā men měi ge rén shǒu
瘦 ，原 来 他 们 每 个 人 手

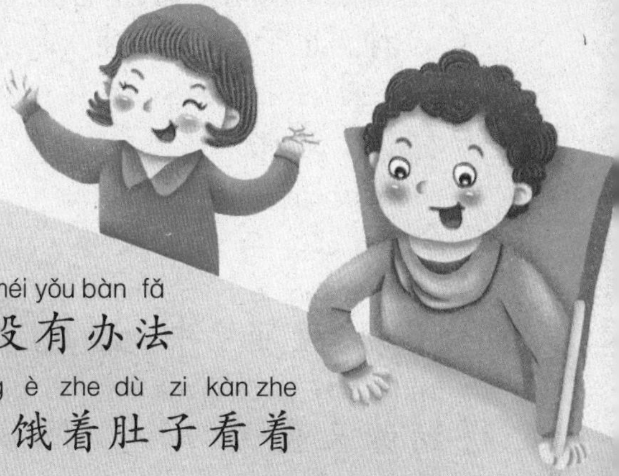

li de sháo zi bǐng dōu hěn
里的勺子柄都很
cháng chéng le shí wù gēn běn méi yǒu bàn fǎ
长，盛了食物根本没有办法
sòng dào zuǐ li suǒ yǐ zhǐ néng è zhe dù zi kàn zhe
送到嘴里，所以只能饿着肚子看着
mǎn zhuō hǎo chī de
满桌好吃的。

shén xiān suí hòu yòu bǎ niú shēng dài dào le lìng yì jiān wū
神仙随后又把牛生带到了另一间屋
zi li nà lǐ tóng yàng yǒu yì zhāng dà yuán zhuō zhuō shang
子里，那里同样有一张大圆桌，桌上
yě fàng zhe hǎo duō hǎo chī de niú shēng zǐ xì kàn le kàn wū zi
也放着好多好吃的。牛生仔细看了看屋子
li de rén fā xiàn tā men shǒu li yě yǒu yì bǎ cháng bǐng
里的人，发现他们手里也有一把长柄
sháo zi kě shì tā men dōu hóng guāng mǎn miàn yáng yì
勺子，可是他们都红光满面，洋溢
zhe xìng fú de xiào róng niú shēng jué de hěn qí guài zhè
着幸福的笑容。牛生觉得很奇怪。这
shí rén men dōu jù dào cān zhuō qián lái chī fàn le tā men bǎ hǎo chī
时，人们都聚到餐桌前来吃饭了，他们把好吃
de chéng zài sháo zi li rán hòu wèi gěi duì miàn de rén jiù zhè
的盛在勺子里，然后喂给对面的人。就这
yàng měi ge rén dōu chī de hěn bǎo
样，每个人都吃得很饱。

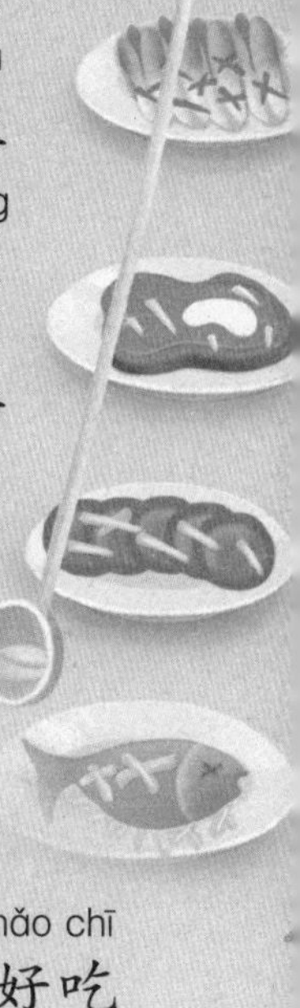

shén xiān dài zhe niú shēng zǒu chū le fáng jiān niú shēng huí tóu
神仙带着牛生走出了房间，牛生回头

yí kàn zhǐ jiàn dì yī ge wū zi de mén shang xiě zhe dì yù dì
一看，只见第一个屋子的门上写着"地狱"，第

èr ge mén shang xiě zhe tiān táng
二个门上写着"天堂"。

mèng xǐng le niú shēng yě xiàng huàn le ge rén shì de biàn
梦醒了，牛生也像换了个人似的，变

de qín láo yòu ài bāng zhù rén tā shuō wǒ yào ràng wǒ de shēng huó
得勤劳又爱帮助人。他说："我要让我的生活

xiàng tiān táng yí yàng
像天堂一样！"

这个故事告诉我们：如果每个人都乐善好施，人间
就会变成天堂；如果每个人都自私自利，人间就会变成
地狱！

小兄妹与厨师

xiao xiong mei yu chu shi

有一对可怜的小兄妹,他们的母亲死了,父亲为他们娶了一个继母。继母是个会妖术的女巫,总是想方设法折磨他们。

有一天,父亲出门做生意去了。小兄妹趁继母不注意,就跑出去和小朋友们一起玩儿。

他们玩得非常开心,

xiào shēng chuán dào le jì mǔ de ěr zhōng jì mǔ fēi cháng shēng
笑声 传 到 了继母的耳中。继母非常 生

qì tā bǎ xiǎo gē ge biàn chéng yì tiáo yú bǎ xiǎo mèi mei biàn chéng
气，她把小哥哥变 成 一条鱼，把小妹妹变 成

le yì zhī yáng
了一只羊。

guò le jǐ tiān yì qún kè rén lái kàn jì mǔ jì mǔ xiǎng zhè
过了几天，一群客人来看继母，继母想：这

shì ge chú diào tā men xiōng mèi liǎ de hǎo jī huì tā mǎ shàng fēn fù
是个除掉他们 兄 妹俩的好机会。她马 上 吩咐

chú shī nǐ dào cǎo dì shang bǎ nà zhī xiǎo yáng qiān lái shā diào
厨师："你到草地上 把那只小羊牵来杀掉，

zhāo dài kè rén
招 待客人。"

xiǎo yáng bèi qiān dào chú fáng yòng shéng zi jǐn jǐn de kǔn zhe
小羊被牵到厨房，用 绳子紧紧地捆着。

zhè shí xiǎo yáng fā xiàn yīn gōu li yǒu yì tiáo xiǎo yú yóu le guò lái
这时，小羊发现阴沟里有一条小鱼游了过来，
tā zhī dào shì zì jǐ de xiǎo gē ge xiǎo yáng wàng zhe xiǎo yú qī
她知道是自己的小哥哥，小羊望着小鱼，凄
cǎn de hǎn
惨地喊：

gē ge jì mǔ tài hěn xīn le tā yào shā le wǒ lái zhāo dài
“哥哥，继母太狠心了，她要杀了我来招待
kè rén
客人。”

xiǎo yú tái qǐ tóu bēi tòng de huí dá kě shì gē ge xiàn zài
小鱼抬起头，悲痛地回答：“可是哥哥现在
shì yì tiáo méi yǒu shǒu de yú zěn me jiù nǐ a
是一条没有手的鱼，怎么救你啊？”

chú shī shì ge xīn dì shàn liáng de rén tīng le xiǎo yáng yǔ xiǎo
厨师是个心地善良的人，听了小羊与小
yú de duì huà tā hěn chī jīng tā mǎ shàng cāi dào tā men kěn dìng
鱼的对话，他很吃惊。他马上猜到：他们肯定
shì bèi nǚ wū shī le mó fǎ yú shì chú shī mǎi lái lìng yì zhī yáng shā
是被女巫施了魔法。于是厨师买来另一只羊杀
diào bǎ xiǎo yáng sòng gěi le yí gè rén cí de nóng fù chú shī zǒu
掉，把小羊送给了一个仁慈的农妇。厨师走
hòu xiǎo yáng xiàng nóng fù sù shuō le zì jǐ de shēn shì hé bú xìng
后，小羊向农妇诉说了自己的身世和不幸
de zāo yù nóng fù shí fēn tóng qíng xiǎo xiōng mèi
的遭遇。农妇十分同情小兄妹。

dì èr tiān nóng fù zhǎo dào yí
第二天，农妇找到一
wèi fǎ shù wú biān de nǚ yù
位法术无边的女预

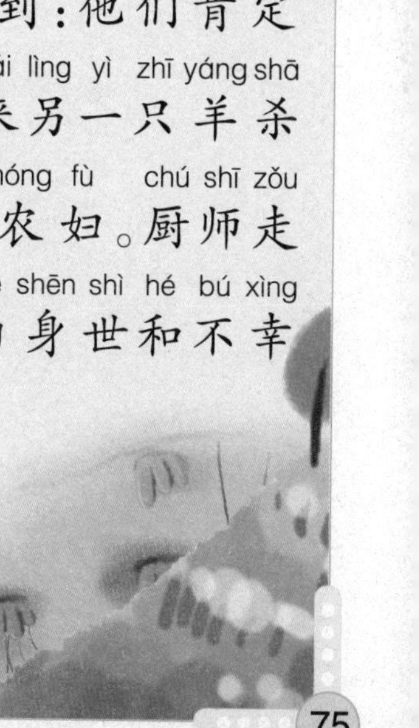

yán jiā   nǚ yù yán jiā wèi xiōng mèi liǎ jiě chú le zhòu yǔ   yú shì

言家,女预言家为 兄 妹俩解除了咒语。于是,

xiǎo yú tiào chū chí táng   biàn chéng xiǎo nán háir   xiǎo yáng yě huī fù

小鱼跳出池塘, 变 成 小男孩儿,小羊也恢复

le rén xíng   xiōng mèi liǎ zhōng yú tuán jù   le

了人形,兄妹俩终 于团聚了。

EQ点拨

　　狠心的继母把兄妹俩变成了动物,但在关键时刻他们却得到了厨师和农妇的帮助。小朋友,当我们遇到困难时,千万不要失去信心,因为在我们身边还有很多关爱我们的人,在他们的帮助下,我们一定会走出困境的。

拉瓦太太的女儿
la wa tai tai de nü er

拉瓦太太有两个女儿，一个叫妮娜，是她的亲生女儿，另一个叫丹娅，是她在野外砍柴时捡来的孩子。她对自己的女儿非常好，却总是把最重的活儿给丹娅干，还不让她吃饱饭。

有一天，丹娅去井边打水，水桶实在是太重了，丹娅不得不弯下腰去，

很吃力地把桶提上来。一不小心，丹娅和桶

一起落到了井里。在那里，丹娅见到了水婆婆，

水婆婆看到来了一个小姑娘，就叫她帮忙

做家务活儿。丹娅做得很好，水婆婆很喜欢

她。转眼就干了三个月，这一天，水婆婆把丹

娅送出了井，在丹娅出井的一瞬间，下了一

场金子雨，这是水婆婆对丹娅勤劳的奖励。

妮娜一看丹娅得到了金子雨，非

常嫉妒，于是她故意掉进了井里。水

婆婆看到妮娜，也一样叫她

帮忙干活儿。可是，因

为妮娜在家太懒惰

了，什么都不会

做，不是在

洗被单的时

hou shuì jiào　jiù shì zài shuā pán zi de shí hou dǎ suì le pán zi　yú
候睡觉，就是在刷盘子的时候打碎了盘子。于

shì hái méi dào sān ge yuè　shuǐ pó po jiù bǎ nī nà sòng huí le jiā
是还没到三个月，水婆婆就把妮娜送回了家。

nī nà cóng jǐng li chū lái de shí hou　yǐ wéi yě huì xiàng dān yà nà
妮娜从井里出来的时候，以为也会像丹娅那

yàng dé dào jīn zi　jié guǒ　shuǐ pó po jiàng le hǎo duō hǎo duō de　lì
样得到金子，结果，水婆婆降了好多好多的沥

qīng zài nī nà de shēn shang　zuò wéi duì tā lǎn duò de chéng fá　ér
青在妮娜的身上，作为对她懒惰的惩罚，而

qiě zhè xiē lì qīng shì yǒng yuǎn dōu xǐ bu diào de
且这些沥青是永远都洗不掉的。

　　读了这个故事，你知道为什么丹娅和妮娜会有不同的结局吗？丹娅的金子雨是用她的善良换来的，而妮娜身上的沥青则是对她懒惰的惩罚。读了这个故事，你知道该怎么做了吗？

兔子和青蛙
tu zi he qing wa

一天，兔子们在一起召开大会，大家共同探讨生活的意义。他们心里总压着一块儿石头，总是担惊受怕，觉得自己胆子这么小，饱受着人、狗、鹰和其他动物的无端伤害，生活中充满了危险，没有任

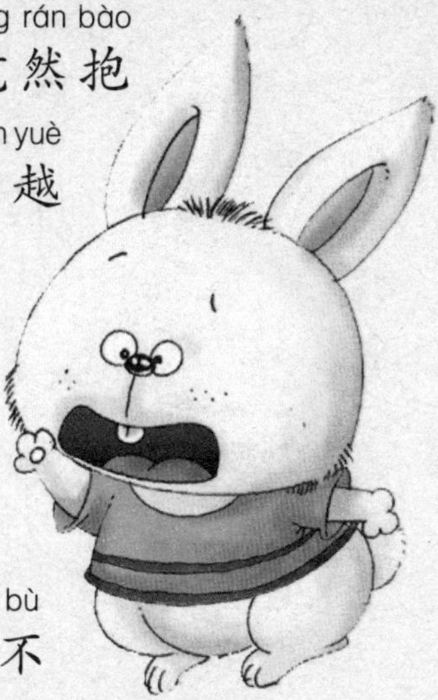

hé xī wàng shuō zhe shuō zhe tā men jìng rán bào
何希望。说着说着，他们竟然抱
tóu dà kū qi lai zhè yàng yì lái tā men yuè
头大哭起来，这样一来，他们越
fā jué de huó zhe méi yǒu rèn hé yì yì
发觉得活着没有任何意义。

bēi tàn guò hòu tù zi men jué de
悲叹过后，兔子们觉得
shēng bù rú sǐ yǔ qí zhěng tiān dān jīng
生不如死，与其整天担惊
shòu pà zhàn zhàn jīng jīng de huó zhe hái bù
受怕，战战兢兢地活着，还不
rú tòng tòng kuài kuài de sǐ qù
如痛痛快快地死去。

zuì hòu tā men jué dìng cóng xuán yá shang tiào dào xià miàn de
最后，他们决定从悬崖上跳到下面的
shēn hú li lái liǎo què yí qiè fán nǎo
深湖里，来了却一切烦恼。

zhèng dāng tā men cháo xuán yá zǒu qù shí hú biān de qīng wā
正当他们朝悬崖走去时，湖边的青蛙
tīng dào le tā men de jiǎo bù shēng qīng wā men xià de pī li pā lā
听到了他们的脚步声，青蛙们吓得噼里啪啦
tiào dào shuǐ li táo mìng qù le yuán lái tā men yǐ wéi shì měng shòu
跳到水里逃命去了。原来，他们以为是猛兽
lái chī tā men le ne kàn dào nà xiē qīng wā yí xià zi méi le yǐng
来吃他们了呢！看到那些青蛙一下子没了影
zi tù zi men zài yì páng dōu jīng dāi le yì zhī tóu nǎo hái suàn
子，兔子们在一旁都惊呆了。一只头脑还算
qīng xǐng de tù zi xiàng dà huǒr jiào dào tíng xià zán men bié fàn
清醒的兔子向大伙儿叫道："停下，咱们别犯

shǎ le　　shēng huó bìng méi yǒu wǒ men xiǎng xiàng
傻了，生活并没有我们想象
de nà me kě pà　 nǐ men qiáo　hái yǒu bǐ wǒ
得那么可怕。你们瞧，还有比我
men gèng dǎn xiǎo de ne　　yú shì
们更胆小的呢！"于是，
tù zi men fàng qì le xún
兔子们放弃了寻
sǐ de niàn tou　guò qǐ
死的念头，过起
le xìng fú de
了幸福的
shēng huó
生活。

任何生命的存在都是有意义的，所以不要轻易地伤害
自己或他人的宝贵生命。即使是弱小的生命，只要乐观坚
强，都能够顺利地生存下去。

勇敢的小山羊
yong gan de xiao shan yang

xiǎo shān yáng dīng ding dǎn zi hěn xiǎo lián yí dào
小山羊丁丁胆子很小，连一道

xiá zhǎi de shān gǔ dōu bù gǎn tiào mā ma wèi cǐ gǎn
狭窄的山谷都不敢跳。妈妈为此感

dào fēi cháng dān xīn yǒu yì tiān dīng ding
到非常担心。有一天，丁丁

zhèng zài yì kē shù páng
正在一棵树旁

děng mā ma
等妈妈，

EQ点拨

　　小山羊在危险面前表现出了超乎寻常的勇敢，小朋友们，我们在日常生活中要让自己勇敢起来，这样在遇到危险的时候才能临危不乱。

hū rán　cóng tā hòu miàn pǎo chu lai　yì zhī lǎo hǔ　dīng ding xià de
忽然，从他后面跑出来一只老虎，丁丁吓得

jí máng táo pǎo　dāng tā pǎo dào yí gè xiǎo shān gǔ páng shí　tā
急忙逃跑。当他跑到一个小山谷旁时，他

qīng kuài de tiào guo qu le　dāng tā pǎo dào zuì
轻快地跳过去了。当他跑到最

kuān de dì qī ge shēn yuān de biān shang shí
宽的第七个深渊的边上时，

yě qīng sōng de tiào le guò qù　dīng ding de
也轻松地跳了过去。丁丁的

mā ma zài yuǎn chù kàn jiàn le　jiǎn zhí bù
妈妈在远处看见了，简直不

gǎn xiāng xìn zì jǐ de yǎn jing　tā fēi bēn
敢相信自己的眼睛。她飞奔

guo qu jī dòng de bào zhe zì jǐ de
过去激动地抱着自己的

ér zi　gǎn dào wú bǐ jiāo ào
儿子，感到无比骄傲。

木头国

mu tou guo

　　从前有一个士兵给国王看护花园，他勤勤恳恳，从没出现过差错。突然有一天，花园里的很多树木被折断了，士兵很害怕，担心国王会因此杀掉他。

　　就在这时，

士兵看见了一个妖怪正在花园里折树木，他开枪打中了妖怪，受伤的妖怪继续向前跑。士兵追逐着妖怪进了一个洞里，他发现这里是个奇怪的世界——一个木头国，所有的人都是木头人。就在士兵惊讶的时候，一个年轻美丽的公主来到他的面前，说："就是你追逐的那个妖怪把我们国家变成了现在这个样子。你能帮助我们吗？我把这颗宝石送给你，只要你拿着这颗宝石在这里坐两个夜晚，你就拯救了我们的国家。"

士兵犹豫了一会儿答应了。到了晚上，士兵的周围出现了很多军队，他们相互厮杀，甚至用刀枪朝士兵砍去，但是士兵始终坚持着。士兵终于挨到了天亮，一切都消

shī le　 dì èr tiān wǎn shang gèng kě pà　 tā de zhōu wéi chū xiàn le
失了。第二天晚上 更可怕,他的周围出现了

hěn duō guǐ guài　 tā men ná zhe fēi cháng kě pà de wǔ qì　 yào chōu
很多鬼怪,他们拿着非 常 可怕的武器,要抽

tā de jīn　 hē tā de xiě　 shì bīng hěn hài pà　 dàn shì tā réng rán
他的筋、喝他的血。士兵很害怕,但是他仍然

jiān chí dào le tiān liàng
坚持到了天亮。

tiān liàng hòu　 huàn jué xiāo shī le　 suǒ yǒu de mù tou rén dōu biàn
天亮后,幻觉消失了,所有的木头人都变

huí le zhēn rén
回了真人。

gōng zhǔ jià
公主嫁

gěi le shì
给了士

bīng　 gǎn xiè tā
兵,感谢他

zhěng jiù le zhè ge guó jiā
拯救了这个国家。

　　勇敢的士兵解救了一个国家的人民,他的故事告诉我们:人要有坚强的意志,要勇敢迎接任何一次挑战,只有不怕困难,不断拼搏,才能成为最后的胜利者。

善良的哈拉迪
shan liang de ha la di

哈拉迪是秘鲁国王的信使，他是个善良、勇敢的人，很受国王的信任，国王所有的机密文件都是由哈拉迪负责去送的。在送文件的路上，每次遇到需要帮助的人，他都会伸出援助之手。因为这事，有时会耽误送信，所以哈拉迪就会受到国王的惩罚。

一次，哈拉迪在送信的路上，正赶上

下雨。他看到一位老婆婆摔倒了，受了重伤，而她身边又没有亲人。于是，哈拉迪决定等老婆婆伤好后再去送信。

由于这次耽误的时间太长，国王大怒，把哈拉迪赶出了王宫，哈拉迪便开始到处流浪。一天，又累又饿的他来到了一座小木屋前，想去要点儿吃的。一个老婆婆从屋里出来，她认出哈拉迪就是自己的救命恩人，于是请他吃了一顿饱饭，然后送给他一双会飞的魔法

拖鞋，说："这双鞋是属于善良的人的，它会带你飞到世界各地。"

哈拉迪带着拖鞋回到了国王身边，请求恢复工作，国王的气也消了，同意了哈拉迪的请求。从此，在魔法拖鞋的帮助下，哈拉迪很快就会把信送到了目的地，国王满意极了。

EQ点拨

　　做任何事情，我们都应该抱着真诚的态度全身心地投入其中。实际上，我们在帮助别人的时候，也是在创造自己的未来。就像故事中的哈拉迪一样，因为帮助受伤的老婆婆而失去了工作，却又因为老婆婆的帮助而恢复了原职，并得到了国王的认可。

戴维是小偷吗

dai wei shi xiao tou ma

戴维是个讨人喜欢的孩子，小朋友们都愿意和他玩儿。可是，突然有一天，小朋友们都不和他玩儿了，戴维很伤心。慈祥的老奶奶知道了，安慰他说："放心吧！我会帮你把事情弄明白的。"

原来，事情是这样的。那天，老奶奶去

shāng diàn mǎi dōng xi, méi
商店买东西,没
dài gòu qián, yú shì lǎo nǎi
带够钱,于是老奶
nai ràng dài wéi bāng
奶让戴维帮
tā huí jiā qǔ
她回家取。

kě shì dāng dài wéi cóng lǎo
可是当戴维从老
nǎi nai de fáng zi li chū lái de
奶奶的房子里出来的
shí hou, qià hǎo bèi ān dí kàn jiàn le。 ān dí
时候,恰好被安迪看见了。安迪
xīn xiǎng： lǎo nǎi nai de jiā li méi yǒu rén， dài wéi kěn dìng shì
心想:老奶奶的家里没有人,戴维肯定是……
zhèng xiǎng zhe， ān dí yù dào le pèi kè， tā bǎ zhè jiàn shì
正想着,安迪遇到了佩克,她把这件事
gào su le pèi kè。 pèi kè tīng le， shuō： wǒ zhèng xiǎng zhǎo dài wéi
告诉了佩克。佩克听了,说:"我正想找戴维
qù wánr ne， méi xiǎng dào tā shì ge xiǎo tōu。 yú shì， pèi kè
去玩儿呢,没想到他是个小偷。"于是,佩克
qù zhǎo qí tā xiǎo péng yǒu wánr le， tā yòu bǎ zhè jiàn shì gào su
去找其他小朋友玩儿了,他又把这件事告诉
le qí tā xiǎo péng yǒu。 jiù zhè yàng， yī chuán shí， shí chuán bǎi，
了其他小朋友。就这样,一传十,十传百,
xiǎo péng yǒu men dōu zhī dào le dài wéi shì xiǎo tōu zhè jiàn shì， suǒ yǐ
小朋友们都知道了戴维是小偷这件事,所以
tā men dōu bù hé dài wéi wánr le
他们都不和戴维玩儿了。

老奶奶叫来了安迪，说："你为什么不先问问我，就认定戴维是小偷呢？是我让戴维帮我回家取钱的啊！"安迪听了，红着脸说："都是我不好，害得戴维被冤枉，我去向他道歉。"

小朋友们知道后，都来向戴维道歉了。戴维笑了，他又能和小朋友们一起玩儿了。

EQ点拨

做事情要小心谨慎，不能急着下结论，更不能以讹传讹误会他人。只有全面地了解事情的经过，才能作出正确的判断。我们可不要像故事中的安迪那样武断啊！

神 鸡
shen ji

zài yí gè xiǎo shān cūn li　　zhù zhe yí gè hěn qióng de rén　tā
在一个小山村里,住着一个很穷的人,他

měi tiān dōu zài wèi chī fàn ér fā chóu
每天都在为吃饭而发愁。

yì tiān　　tā zǒu dào yì tiáo xiǎo hé biān shí　tīng jiàn yí zhèn jiào
一天,他走到一条小河边时,听见一阵叫

hǎn shēng　zǒu jìn yí kàn　jǐ zhǐ yě jī zhèng wéi zhe yí gè zhǐ yǒu
喊声,走近一看,几只野鸡正围着一个只有

shǒu zhǎng dà de xiǎo rén　yào bǎ tā chī diào
手掌大的小人,要把他吃掉。

qióng rén gǎn jǐn shàng qián jiǎn le yí gè shí
穷人赶紧上前捡了一个石

kuàir　rēng le guò qù　yě jī xià de
块儿扔了过去,野鸡吓得

gǎn jǐn táo zǒu le　qióng rén zǒu dào
赶紧逃走了。穷人走到

ǎi rén gēn qián　wèn dào　zěn me
矮人跟前,问道:"怎么

样？没受伤吧？"矮人惊魂稍定，对穷人

说："谢谢你，朋友，请告诉我，你为什么会到

这个林子里来？""我来找吃的东西。"矮人说：

"朋友，别发愁，我送给你一件礼物。"

于是，矮人带着穷人来到自己的小屋里。

进了小屋，矮人拿出一口锅，对蹲在墙角的鸡

说："神鸡，抖抖翅膀，跳到锅里

躺着吧。"鸡抖了抖翅膀，抖

落了羽毛，就躺到锅里去

le　ǎi rén bǎ guō fàng
了。矮人把锅放

dào huǒ shang kǎo　　děng
到火上烤，等

jī kǎo chéng jiàng hóng sè
鸡烤成酱红色

shí　tā bǎ
时，他把

guō ná chu lai
锅拿出来

shuō　hǎo le　wǒ men kě yǐ chī le　bù yí huìr　liǎng rén jiù
说："好了，我们可以吃了。"不一会儿，两人就

bǎ yì zhī jī chī guāng le　chī wán le jī ròu　ǎi rén bǎ shèng xià
把一只鸡吃光了。吃完了鸡肉，矮人把剩下

de gǔ tou rēng zài dì bǎn de jī máo duī shang shuō　shén jī dǒu
的骨头扔在地板的鸡毛堆上，说："神鸡，抖

dou chì bǎng tiào qi lai ba
抖翅膀跳起来吧。"

guǒ rán　dì shang tiào qi lai yì zhī huó shēng shēng de jī　tā
果然，地上跳起来一只活生生的鸡，它

dǒu le dǒu chì bǎng　hǎo xiàng cóng lái méi jìn guo guō li yí yàng
抖了抖翅膀，好像从来没进过锅里一样。

qióng rén yí xià zi kàn dāi le　ǎi rén bǎ shén jī sòng gěi le
穷人一下子看呆了，矮人把神鸡送给了

qióng rén　qióng rén xìng gāo cǎi liè de huí le jiā　cóng cǐ yì jiā rén
穷人，穷人兴高采烈地回了家，从此一家人

zài yě bù chóu chī le
再也不愁吃了。

bù zhī hé shí　fù rén zhī dào le zhè jiàn shì　tā hěn xiǎng bǎ
不知何时，富人知道了这件事，他很想把

zhè zhī shén jī nòng dào shǒu　　yú shì
这只神鸡弄到手，于是

chèn qióng rén bú zài
趁穷人不在

jiā shí　　tā lái dào
家时，他来到

le qióng rén de jiā li　xiǎng qù zhuā
了穷人的家里，想去抓

shén jī　méi xiǎng dào shǒu zhān zài le jī
神鸡。没想到手粘在了鸡

de shēn shang　zěn me yě shuǎi bu kāi
的身上，怎么也甩不开

le　qióng rén huí lái yí kàn zhè
了。穷人回来一看这

zhǒng qíng jǐng biàn zhī dào shì zěn
种情景便知道是怎

me huí shì le　tā duì shén jī shuō　shén jī　dǒu dou
么回事了。他对神鸡说："神鸡，抖抖

chì bǎng ba　shén jī dǒu le dǒu chì bǎng shuǎi diào le fù rén　fù
翅膀吧。"神鸡抖了抖翅膀甩掉了富人，富

rén xiū de yí liù yānr　de pǎo huí jiā　zài yě bù gǎn chū mén le
人羞得一溜烟儿地跑回家，再也不敢出门了。

　　神鸡是小矮人送给穷人的礼物，富人却想趁机偷走神鸡，因此得到了应得的惩罚。大家要永远记住：想要不劳而获是不可能的，幸福的生活要用自己的双手去创造！

一心想当演员的象
yi xin xiang dang yan yuan de xiang

duō cái duō yì de xiǎo xiàng cóng xiǎo jiù shí fēn rè ài yǎn yì shì
多才多艺的小象从小就十分热爱演艺事

yè yì xīn xiǎng dāng yǎn yuán zhè tiān tā kàn dào le diàn shì tái
业，一心想当演员。这天，它看到了电视台

zhāo pìn yǎn yuán de hǎi bào jiù xìng chōng chōng de pǎo qù bào míng
招聘演员的海报，就兴冲冲地跑去报名。

lái dào diàn shì tái xiǎo xiàng bīn
来到电视台，小象彬

bīn yǒu lǐ de duì dǎo yǎn shuō xiān
彬有礼地对导演说："先

sheng nín hǎo wǒ huì chàng gē hái huì
生，您好！我会唱歌，还会

tiào bā lěi wǔ nín de jié mù zhōng yǒu shì
跳芭蕾舞！您的节目中有适

hé wǒ yǎn de jué sè ma
合我演的角色吗？"

dǎo yǎn kàn dào xiǎo xiàng yòu gāo yòu dà
导演看到小象又高又大

的身体直害怕，忙说："没有，我不需要你，你回去吧!"小象急忙说："先生，您不了解，请看看我的表演吧!"说罢，它就跳起舞来，导演生气地喊道："我们不需要会跳舞的大象，只要女孩儿。"小象赶紧回去穿上了红裙子，套上金色的假发，跳起了芭蕾舞，可导演就是看不上它。小象分别扮演了小山羊、白兔骑士、小蜜蜂等角色，它演得活灵活现，

可挑剔的导演却说所有的角色都已经满了。

小象生气了,它沮丧地坐在台下,它多么渴望自己能参加演出啊!

大幕慢慢拉开了,观众们焦急地等待着,可等了半天还是没有演员上台。原来,后台的小蜜蜂扎伤了小山羊,小山羊猛地一蹦撞倒了小女孩儿,小女孩儿倒下时正好压在小白兔身上。这下可急坏了导演,戏演不成了,还得把演员们送到医院。小象走过去安慰导演说:

"别急,导演先生,让我来

bāng nǐ ba   yú shì xiǎo
帮 你 吧！"于 是 小

xiàng zǒu shàng le wǔ tái
象 走 上 了 舞 台，

yì kǒu qì chàng le   èr shí
一 口 气 唱 了 二 十

jǐ shǒu gē   shòu dào le guān zhòng men de rè liè huān yíng   dǎo yǎn jī
几 首 歌，受 到 了 观 众 们 的 热 烈 欢 迎。导 演 激

dòng de shuō   xiǎo xiàng   nǐ jiù shì wǒ xiǎng yào de yǎn yuán a
动 地 说："小 象，你 就 是 我 想 要 的 演 员 啊！"

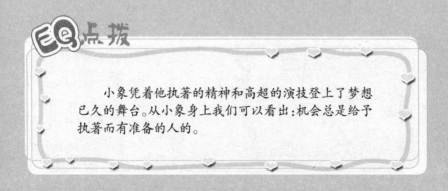

小象凭着他执著的精神和高超的演技登上了梦想
已久的舞台。从小象身上我们可以看出：机会总是给予
执著而有准备的人的。

逃命的鹿

tao ming de lu

cóng qián　yǒu yì tóu shí fēn měi lì de cháng jiǎo lù zài sēn lín
从前，有一头十分美丽的长角鹿在森林

zhōng wán shuǎ　tā bèng a　tiào a
中玩耍，他蹦啊、跳啊，

jìn qíng de xiǎng shòu zhe shén qí de
尽情地享受着神奇的

dà zì rán suǒ fù yǔ tā de yí
大自然所赋予他的一

qiè　wánr　le yí huìr
切。玩儿了一会儿，

cháng jiǎo lù kě le　yú
长角鹿渴了，于

shì tā lái dào yí chù qīng
是他来到一处清

chè de quán shuǐ
澈的泉水

biān hē shuǐ　tā
边喝水。他

hē le qīng liáng de quán shuǐ hòu jué de hěn shū fu biàn jìng jìng de duān
喝了清凉的泉水后觉得很舒服，便静静地端
xiang qǐ zì jǐ zài shuǐ zhōng de dào yǐng lai lù yuè lái yuè jué de zì
详起自己在水中的倒影来。鹿越来越觉得自
jǐ hěn měi bù jīn gū fāng zì shǎng qi lai tā wèi zì jǐ měi lì de
己很美，不禁孤芳自赏起来。他为自己美丽的
jī jiao ér yáng yáng zì dé kě shì dāng tā kàn
犄角而扬扬自得，可是当他看
dào zì jǐ de xì tuǐ shí què jué de hěn
到自己的细腿时却觉得很
nán wéi qíng yú shì tā yòu mèn
难为情，于是他又闷
mèn bú lè qi lai
闷不乐起来。

zhèng zài zhè shí yì
正在这时，一
tóu shī zi tū rán xiàng tā
头狮子突然向他
pū guo lai lù
扑过来。鹿
xià de diào tóu
吓得掉头
jiù pǎo
就跑，
tā de
他的
xì tuǐ
细腿
hěn yǒu lì liàng pǎo qi
很有力量，跑起

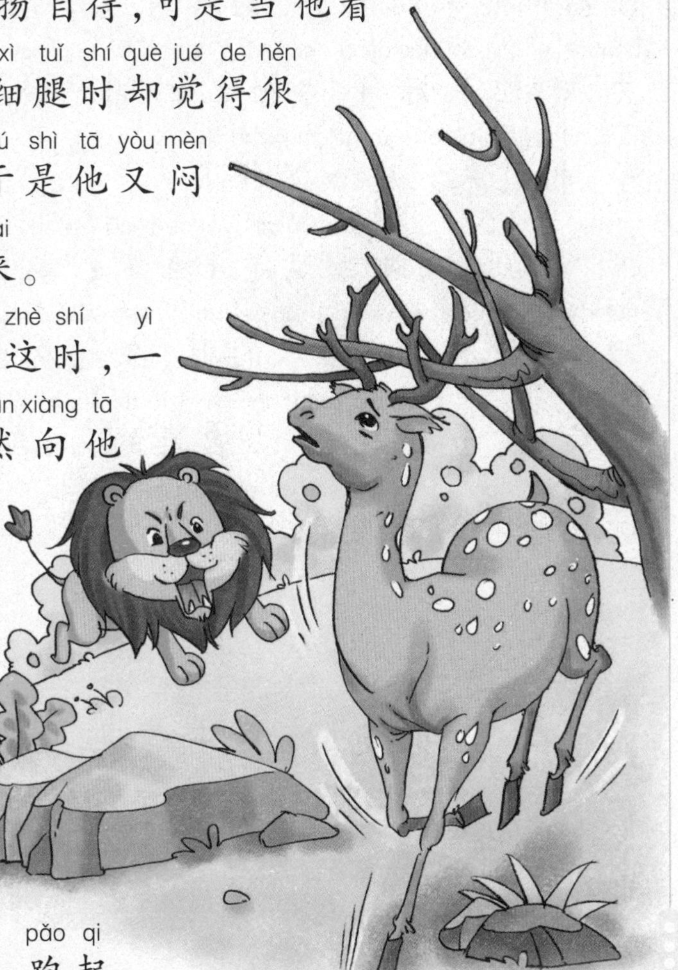

来很快，一会儿就把狮子落下好远好远。可是，狮子穷追不舍，到了丛林地带，鹿不慎被树枝绊住了犄角，怎么也跑不动了，这时，狮子离他越来越近了，鹿很着急，可是他却没有办法。他只好等待着死亡的来临。最终，狮子冲过来把鹿给捉住了。

临死时，鹿自言自语地说："这究竟是怎么回事儿？本以为丢人的腿，在危急的时刻却可以救我，而让我沾沾自喜的角，却在我即将逃脱危险的时候使我丧命。"

EQ点拨

优缺点是可以相互转化的，有时优点可以转化为缺点，而所谓的缺点也可能成为命运的转机，所以，小朋友们一定要正视自己的优缺点啊。

紫腹飞蚊
zi fu fei wen

wén zi lín dá shì yì zhī zhuān mén xī shí rén chù xiān xuè de huài
蚊子琳达是一只专门吸食人畜鲜血的坏

dàn yì tiān tā chū qù mì shí yù dào le yì zhī liú làng de wén zi
蛋，一天她出去觅食，遇到了一只流浪的蚊子，

zhè zhī wén zi hé píng cháng de wén zi yǒu diǎn bú tài yí yàng tā
这只蚊子和平常的蚊子有点不太一样，他

zhǎng zhe zǐ sè de pí fū liú làng de wén zi shuō wǒ jiào zǐ fù
长着紫色的皮肤。流浪的蚊子说："我叫紫腹

fēi wén wǒ mí lù le   lín dá xiǎng fǎn zhèng dōu shì wǒ men wén
飞蚊，我迷路了。"琳达想：反正都是我们蚊

zi jiā zú de   zhèng hǎo shōu liú le tā   shùn biàn gěi wǒ zuò ge zhù
子家族的，正好收留了他，顺便给我做个助

shǒu yě bú cuò   tā bǎ zǐ fù fēi wén lǐng huí le jiā bìng ná lái le
手也不错！她把紫腹飞蚊领回了家，并拿来了

zuì xīn xiān   zuì měi wèi de xiān xuě lái zhāo dài tā   kě shì zǐ fù fēi
最新鲜、最美味的鲜血来招待他，可是紫腹飞

wén chī le yì kǒu jiù tǔ le chū lái shuō   tài nán chī le   mā ma
蚊吃了一口就吐了出来，说："太难吃了，妈妈

píng shí gěi wǒ chī de bú shì zhè ge
平时给我吃的不是这个！"

wén zi lín dá shēng qì jí le   shuō dào   bié
蚊子琳达生气极了，说道："别

zhuāng le   nǐ hé wǒ yí yàng dōu bú shì shén me hǎo
装了，你和我一样都不是什么好

dōng xi   shì wén zi nǎ yǒu bù hē rén chù xiān xuě de
东西，是蚊子哪有不喝人畜鲜血的

a   zǐ fù fēi wén dà shēng shuō   wǒ shì zhī hǎo
啊！"紫腹飞蚊大声说："我是只好

wén zi   nǐ cái shì zhī xī xuè de huài dàn   zhè shí
蚊子，你才是只吸血的坏蛋！"这时

cóng yuǎn chù fēi lái le yì zhī tǐ xíng jiào dà de zǐ
从远处飞来了一只体形较大的紫

fù fēi wén yuán lái shì tā de mā ma   hái zi kàn
腹飞蚊，原来是他的妈妈。"孩子，看

qīng chu zhè jiù shì wǒ men jīn tiān
清楚，这就是我们今天

de měi cān wǒ men shì zhè xiē huài
的美餐，我们是这些坏

dàn de tiān dí bié pà xiāo miè
蛋的天敌！别怕！消灭

tā zài mā ma de gǔ lì
她！"在妈妈的鼓励

xià tā xiāo miè le huài
下，他消灭了坏

dàn lín dá
蛋琳达。

hái zi men nǐ men zhī dào ma yuán lái zǐ fù fēi wén shì
孩子们，你们知道吗？原来，紫腹飞蚊是

zhuān mén chī wén zi de
专门吃蚊子的。

EQ点拨

　　自高自大的蚊子琳达总是干着吸食鲜血的坏事，最终得到了惩罚。这就是人们常说的"善有善报，恶有恶报"的道理。所以，我们只有真诚、善良地对待他人，才能获得幸福与快乐。

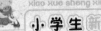
时间表
shi jian biao

zǎo shang yì zhēng kāi
早上一睁开

yǎn jing　chán chú jiù bǎ jīn
眼睛，蟾蜍就把今

tiān yào zuò de shì qing xiě zài
天要做的事情写在

le yì zhāng zhǐ shang　shàng
了一张纸上，上

miàn xiě de fēi
面写得非

cháng xiáng xì
常详细：

qǐ chuáng　　chī
起床、吃

zǎo fàn　chuān
早饭、穿

hǎo yī fu　dào
好衣服、到

qīng wā jiā zuò kè　hé qīng wā sàn bù　chī
青蛙家做客、和青蛙散步、吃

wǔ fàn　wǔ xiū　qù wánr　yóu xì　chī
午饭、午休、去玩儿游戏、吃

wǎn fàn　xiū xi
晚饭、休息。

dōu xiě hǎo le　chán chú kāi shǐ
都写好了，蟾蜍开始

xíng dòng le　tā yǐ jīng qǐ chuáng　jiù
行动了。他已经起床，就

bǎ　qǐ chuáng　zài zhǐ tiáo shang huà diào le　chī le zǎo fàn　tā zài
把"起床"在纸条上画掉了。吃了早饭，他在

yī chú li zhǎo dào zì jǐ zuì xǐ huan de yī fu chuān zài shēn shang
衣橱里找到自己最喜欢的衣服穿在身上，

zhī hòu jiù huà diào le　chī zǎo fàn　hé　chuān yī fu　jiù zhè
之后就画掉了"吃早饭"和"穿衣服"。就这

yàng　chán chú zuò yí jiàn shì jiù huà diào yí jiàn　rán hòu chán chú kāi
样，蟾蜍做一件事就画掉一件。然后，蟾蜍开

shǐ xiàng qīng wā jiā zǒu qù
始向青蛙家走去。

kuài dào qīng wā jiā shí　tū rán yí
快到青蛙家时，突然一

zhèn fēng chuī guò　bǎ chán chú shǒu li de
阵风吹过，把蟾蜍手里的

zhǐ chuī diào le　chán chú fēi cháng zháo
纸吹掉了。蟾蜍非常着

jí　gāng qiǎo bèi chū mén de qīng
急，刚巧被出门的青

wā kàn dào le　qīng wā jiù jiào tā
蛙看到了，青蛙就叫他

qù zhuī　kě shì chán chú kū zhe shuō　　wǒ jué bù néng zhè yàng zuò
去追，可是蟾蜍哭着说："我绝不能这样做！"

wèi shén me ne　　　　yīn wèi wǒ jì de wǒ de zhǐ shang méi yǒu zhè
"为什么呢？""因为我记得我的纸上没有这

yì tiáo a
一条啊！"

qīng wā zhǐ hǎo zì jǐ bāng tā zhuī
青蛙只好自己帮他追，

tā zhuī guò gāo shān　zhuī guò xiǎo hé　zhuī
他追过高山，追过小河，追

le hǎo jiǔ hái shi méi yǒu zhuī dào　tā pǎo huí lai qì chuǎn xū xū de
了好久还是没有追到。他跑回来气喘吁吁地

duì chán chú shuō　shí zài duì bu qǐ　wǒ méi yǒu zhuī shàng nǐ de shí
对蟾蜍说："实在对不起，我没有追上你的时

jiān biǎo
间表。"

kě shì rú guǒ méi yǒu shí jiān biǎo　chán chú jiù bù zhī dào zì jǐ
可是如果没有时间表，蟾蜍就不知道自己

yīng gāi zuò shén me　tā zhǐ hǎo zhè yàng gān zuò zhe
应该做什么，他只好这样干坐着！

yú shì　qīng wā jiù péi zhe chán chú yì qǐ dāi dāi de zuò dào le
于是，青蛙就陪着蟾蜍一起呆呆地坐到了

tiān hēi　rán hòu gè zì huí jiā le
天黑，然后各自回家了……

蟾蜍把每天要做的事情都作好了计划，这样做本来是很好的一件事，可是他凡事都依靠那张"时间表"，这样可不行呀！小朋友可千万不要像蟾蜍那样把自己局限在一个"表"里呀！

爱吃面包的小猪
ai chi mian bao de xiao zhu

xiǎo zhū pàng pang è jí le tā pǎo
小猪胖胖饿极了，他跑

dào mā ma gēn qián qù yào miàn
到妈妈跟前去要面

bāo chī
包吃。

mā ma zhèng zài zuò máo
妈妈正在做毛

xiàn huór ne mā ma
线活儿呢，妈妈

shuō pàng pang lái
说："胖胖来

de zhèng hǎo bāng mā
得正好，帮妈

ma chán máo xiàn ba
妈缠毛线吧！"

kě shì mā ma wǒ
"可是妈妈，我

很饿，我想先吃东西再干活儿，好吗？""那好吧，你去商店买些面包回来吧！"于是胖胖来到狐狸大叔开的面包店。

面包店里的面包真多啊！胖胖心想，我每天都吃小猪面包，今天要换个样子，我要买个兔子面包。于是，他就向狐狸大叔要了一个兔子面包。

可是没想到，小猪胖胖吃了兔子面包后，就变成了一只蹦蹦跳跳的小兔子，他高兴地回了家。回到家，妈妈却不认识他了，还问："这是从哪里来的小兔子呢"？

妈妈让变成了

xiǎo tù zi de pàng pang bāng tā chán máo xiàn bìng kuā jiǎng tā huór
小兔子的胖胖帮她缠毛线，并夸奖他活儿

gàn de hěn bàng zhū mā ma gěi le tā ge yìng bì yào tā qù mǎi
干得很棒，猪妈妈给了他3个硬币，要他去买

tù zi miàn bāo chī
兔子面包吃。

pàng pang zài xīn li tōu tōu de lè le tā ná zhe qián lái dào
胖胖在心里偷偷地乐了。他拿着钱来到

hú li dà shū de miàn bāo diàn mǎi lái le xiǎo zhū miàn bāo yīn wèi tā
狐狸大叔的面包店，买来了小猪面包，因为他

bù xiǎng zài dāng xiǎo tù zi tā yào biàn huí yuán lái de yàng zi qù
不想再当小兔子，他要变回原来的样子去

péi mā ma ne tiān jiù yào hēi le mā ma gāi zháo jí le
陪妈妈呢。天就要黑了，妈妈该着急了。

生活是丰富多彩的，我们要用一颗积极乐观的心去
面对它，可爱的小猪胖胖就是这样度过了快乐的一天，
你的一天是如何度过的呢？

三个好朋友

san ge hao peng you

dà cǎo yuán shang zhù zhe dà tuó niǎo
大草原上住着大鸵鸟、

xiǎo bān mǎ hé xiǎo líng yáng sān ge hǎo péng
小斑马和小羚羊三个好朋

you měi cì wài chū shí tā men sān ge
友。每次外出时，他们三个

dōu lún liú fàng shào yì tiān tā men
都轮流放哨。一天，他们

tū rán xiǎng qǐ zhè yàng yí gè wèn
突然想起这样一个问

tí jiū jìng shéi de gōng láo
题：究竟谁的功劳

zuì dà ne tā men
最大呢？他们

sān ge zhēng lái
三个争来

zhēng qù shéi
争去，谁

yě bù fú shéi hòu lái tā men zài yě bú rèn zhēn
也不服谁,后来,他们再也不认真
zhàn gǎng fàng shào le zhōng yú yǒu yì tiān yì
站岗、放哨了。终于有一天,一
zhī bào zi tōu tōu de xí jī
只豹子偷偷地袭击
le tā men tā men suī
了他们。他们虽
rán dōu táo tuō le dàn
然都逃脱了,但
yě dōu shòu le shāng
也都受了伤。
sān ge hǎo péng you zhōng
三个好朋友终
yú xǐng wù guo lai tā men sān ge shéi yě lí bu kāi shéi yú shì
于醒悟过来:他们三个谁也离不开谁。于是,
tā men yòu xiàng cóng qián nà yàng tuán jié le
他们又像从前那样团结了。

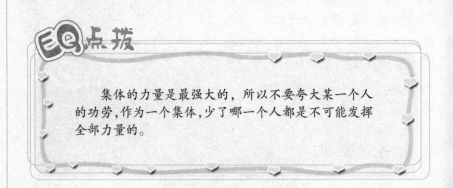

EQ点拨

集体的力量是最强大的,所以不要夸大某一个人的功劳,作为一个集体,少了哪一个人都是不可能发挥全部力量的。

曾参杀猪
zeng shen sha zhu

zēng shēn shì chūn qiū shí qī
曾参是春秋时期

dào dé xiū yǎng hěn gāo de rén
道德修养很高的人。

yì tiān zǎo chen zēng shēn
一天早晨，曾参

de qī zi shōu shi wán jiā wù
的妻子收拾完家务，

zhǔn bèi dào jí shì shang qù mǎi
准备到集市上去买

diǎnr dōng xi xiǎo ér zi kàn
点儿东西。小儿子看

jiàn le fēi yào yí
见了，非要一

kuàir qù
块儿去。

zēng shēn de qī zi
曾参的妻子

méi bàn fǎ　　jiù suí kǒu shuō dào　　　hǎo hái zi　nǐ tīng
没办法,就随口说道:"好孩子,你听

huà　mā ma huí lái gěi nǐ shā zhū chī ròu
话,妈妈回来给你杀猪吃肉。"

xiǎo ér zi xìn le　　biàn lǎo lǎo shi
小儿子信了,便老老实

shi de dāi zài jiā li
实地待在家里。

shí jiān bù cháng　zēng shēn de qī
时间不长,曾参的妻

zi cóng jí shì shang huí lái le　hái méi
子从集市上回来了。还没

jìn jiā mén　　jiù tīng dào yí zhèn zhèn　áo áo　de zhū
进家门,就听到一阵阵"嗷嗷"的猪

jiào shēng　tā zǒu jìn jiā mén yí kàn　zēng shēn zhèng zài
叫声。她走进家门一看,曾参正在

mó dāo huò huò zhǔn bèi shā zhū ne
磨刀霍霍准备杀猪呢。

zēng shēn de qī zi jí bù shàng
曾参的妻子疾步上

qián lán zhù le zhàng fu
前拦住了丈夫,

nǐ　zhè shì gàn shén me
"你这是干什么?

bú guò nián bú guò jié de
不过年不过节的

shā zhū gàn shén me ya
杀猪干什么呀?"

zēng shēn zhǐ le　zhǐ zhàn
曾参指了指站

在身旁欢呼雀跃的小儿子问妻子:"刚才你出门时跟孩子说什么来着,你忘了吗?"

"哎呀,你怎么当真了!我那是哄他玩儿呢!"

曾参的神情严肃起来,他对妻子说:"我们怎么能随随便便地骗孩子呢?孩子小,还不大懂事儿,他们的一言一行,全都是跟着大人学的。我们说话不算数,自己许诺的事儿不兑现,那是在教孩子学撒谎。"

曾参终于说服了妻子,把猪杀了。

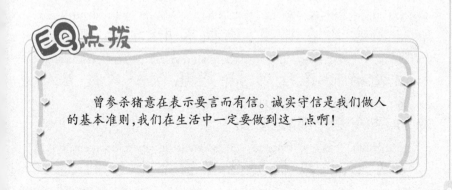

EQ点拨

曾参杀猪意在表示要言而有信。诚实守信是我们做人的基本准则,我们在生活中一定要做到这一点啊!

出游的垃圾桶

chu you de la ji tong

在一个城市的一条大街上，一只垃圾桶孤零零地站在那里，他很不开心，他想：做一个垃圾桶可真没劲，要是能做一只被主人抱着的猫或狗，那该多好！

这天，垃圾桶突然冒出个奇妙的想法，他把肚子里的垃圾都翻了出来，在里面挑来拣去，找出了一块儿条纹状的布，披在了身上。垃圾桶满意极了，觉得自己真像一只可爱的小猫。他远远地看见一只狗，垃圾桶急忙追上去说："小狗你好，我是小猫，我们交个朋友吧。"小狗回头一看，吓得"嗖"的一声就不见了踪影。垃圾桶愣了一下，正在这时，从街对面走过来一只小猫，垃圾桶想：他肯定会喜欢我。于是就跑过去，说："你好呀，我也是小猫，我们交个朋友吧。"小猫停下一看，吓得毛都竖了起来，"呼"地蹿到了房上。

lā jī tǒng hǎo shī wàng   tā nán guò de kū le   zhè shí   yí
垃圾桶好失望，他难过地哭了。这时，一

gè xíng rén zǒu guo lai   bǎ lā jī tǒng bào huí le yuán wèi   bǎ tā shēn
个行人走过来，把垃圾桶抱回了原位，把他身

shang de bù rēng huí tā de dù zi li   hái ná lái le mā bù   bǎ tā
上的布扔回他的肚子里。还拿来了抹布，把他

de quán shēn dōu cā le yí biàn   lā jī tǒng shū fu de bì shàng yǎn
的全身都擦了一遍。垃圾桶舒服地闭上眼

jing   tā xīn li zài yě bù nán shòu le   yīn wèi tā zhī dào   rén men
睛，他心里再也不难受了，因为他知道，人们

yě shì xǐ huan tā de
也是喜欢他的。

EQ 点拨

　　孩子们，你知道垃圾桶为什么要出游吗？生活中我们要奉献自己的爱心，让爱心充满整个世界，这样就不会有孤单的人了，这个故事教育我们要时刻关心周围的人，关心他人的同时自己也会得到快乐。

小亨利
xiao heng li

小亨利从小就和妈妈相依为命。

一天，妈妈病倒了，但是他们却没有钱请医生。仙女对小亨利说："去对面的大山找生命草吧，它能救你妈妈的命。"

小亨利走了整整一天才来到山脚下。在路上，他解救了一只落入陷阱的乌鸦、一只正被狐狸追捕的公鸡和一只差点儿被蛇吞掉的青蛙。它们

dōu hěn gǎn jī xiǎo hēng lì dōu xī wàng néng bào dá xiǎo hēng lì zhè
都很感激小亨利,都希望能报答小亨利。这

shí xiǎo hēng lì yǎn qián chū xiàn le yì tiáo hé gōng jī bǎ tā tuó
时,小亨利眼前出现了一条河,公鸡把他驮

le guò qù
了过去。

xiǎo hēng lì jì xù wǎng qián zǒu yí wèi shān shén chū xiàn le
小亨利继续往前走,一位山神出现了。

tā yāo qiú xiǎo hēng lì bāng tā zhāi pú táo xiǎo hēng lì wán chéng rèn
他要求小亨利帮他摘葡萄。小亨利完成任

wu hòu shān shén sòng tā yì gēn dài cì de shù zhī zuò wéi bào chou
务后,山神送他一根带刺的树枝作为报酬。

xiǎo hēng lì jiē zhe
小亨利接着

wǎng qián zǒu hū rán fā
往前走,忽然发

xiàn qián miàn shì duàn yá shēn
现前面是断崖深

谷。他正在发愁，一声可怕的狼叫吓了他一跳。

那狼要小亨利把森林里的怪兽捉住，否则不许小亨利离开。这时，那只被他救过的乌鸦帮助他做完了这一切。狼把一根小木棍儿交给小亨利，说："你拿到生命草以后，骑到这根棍子上，就可以去你想去的地方啦！"说完，狼就把他送过了深谷。

小亨利终于看到山顶的花园了，生命草就在花园里。他用尽力气向前跑，突然眼前出现了一片海。这时，一只大猫要求小亨利把海里的珍珠捞出来，才能放他过去。这时，曾被他救过的青蛙帮他完成了大猫给他的任务。大猫把自己的一只爪子交给小

hēng lì zuò wéi chóu xiè　　gào su tā zhè zhī
亨利作为酬谢，告诉他这只

zhuǎ zi kě yǐ zhì bìng　　zuì hòu ràng xiǎo hēng lì zuò
爪子可以治病，最后让小亨利坐

zài zì jǐ de wěi ba shang　　bǎ tā sòng dào hǎi àn shang
在自己的尾巴上，把他送到海岸上。

xiǎo hēng lì zhǎo dào guǎn lǐ zhè ge huā yuán de bó shì　　bó shì
小亨利找到管理这个花园的博士。博士

tīng xiǎo hēng lì shuō le zhěng gè guò chéng　　jiù yòng xiǎo jiǎn dāo jiǎn xià
听小亨利说了整个过程，就用小剪刀剪下

le yí piàn shēng mìng cǎo de yè zi　　xiǎo hēng lì ná dào shēng mìng
了一片生命草的叶子。小亨利拿到生命

cǎo　qí zài gùn zi shang　zhuǎn yǎn dào le jiā　　tā jǐ chū cǎo zhī gěi
草，骑在棍子上，转眼到了家。他挤出草汁给

mā ma chī　　mā ma dùn shí zhēng kāi le yǎn jing　　xiān nǚ gào su hēng
妈妈吃，妈妈顿时睁开了眼睛。仙女告诉亨

lì　　　　　dà māo de zhuǎ zi
利："大猫的爪子

huì shǐ nǐ hé mā ma yǒng yuǎn jiàn kāng
会使你和妈妈永远健康。"

xiān nǚ zǒu le　　xiǎo hēng lì　yǔ mā ma xìng fú de shēng huó
仙女走了,小亨利与妈妈幸福地生活

zài yì qǐ
在一起。

EQ点拨

　　　孝顺的小亨利为救母亲,不畏艰难困苦,执著地寻找着生命草,在寻找的过程中,他认识了很多动物。最终因为他的善良和热情得到了动物们的认可与帮助,使得母亲恢复了健康。看了这个故事,你是否也想做一个孝顺的孩子呢?

盲人摸象

mang ren mo xiang

yǒu yì tiān   sì ge máng rén zuò zài shù xià chéng liáng   zhè shí
有一天，四个盲人坐在树下乘凉。这时，

yǒu ge rén gǎn zhe yì tóu dà xiàng zǒu guo lai   tā dà shēng hǎn zhe
有个人赶着一头大象走过来，他大声喊着：

qǐng jiè guāngr   qǐng jiè
"请借光儿，请借

guāngr   dà xiàng lái le
光儿，大象来了！"

yí gè máng rén shuō
一个盲人说

dào   xiàng shì
道："象是

shén me yàng zi
什么样子，

zán men qù mō
咱们去摸

yi mō ba   lìng
一摸吧。"另

wài sān rén yě dōu biǎo shì tóng yì
外三人也都表示同意。

yí gè máng rén mō dào le xiàng de shēn zi　jiù shuō　　wǒ
一个盲人摸到了象的身子,就说:"我

zhī dào le　xiàng rú tóng yì dǔ qiáng
知道了,象如同一堵墙。"

dì èr ge máng rén mō dào le xiàng yá　jiù shuō　　bú duì
第二个盲人摸到了象牙,就说:"不对,

xiàng hé yòu yuán yòu guāng de gùn zi　yí yàng
象和又圆又光的棍子一样。"

dì sān ge máng rén mō dào le
第三个盲人摸到了

xiàng tuǐ　fǎn bó tā men shuō　　nǐ
象腿,反驳他们说:"你

men shuō de dōu bú duì　xiàng gēn zhù zi chà
们说得都不对,象跟柱子差

bu duō
不多。"

第四个盲人摸的是象的尾巴，就大叫起来："你们都错了！象跟粗绳子一样。"

四个盲人你争我辩，都认为自己说得对，谁也不服谁。

赶象的人对他们说："你们每个人摸到的只是象的一部分，这样是不能知道象到底是什么样子的，要想知道象的模样就一定要摸遍象的全身。"

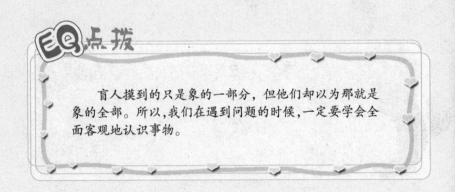

EQ点拨

盲人摸到的只是象的一部分，但他们却以为那就是象的全部。所以，我们在遇到问题的时候，一定要学会全面客观地认识事物。

下雨了
xia yu le

huān huan shì yì zhī kě ài de xiǎo tù zi　　yì tiān　　tā yào qù
欢欢是一只可爱的小兔子。一天，他要去

sōng shǔ jiā kàn sōng shǔ mā ma gāng chū shēng de nǚ ér　　mā ma shuō
松鼠家看松鼠妈妈刚出生的女儿。妈妈说

yào xià yǔ le　　bú ràng tā qù　　huān huan bù tīng
要下雨了，不让他去，欢欢不听，

tā chèn mā ma bú zhù yì qiāo qiāo liū zǒu le
他趁妈妈不注意悄悄溜走了。

huān huan zài sōng
欢欢在松

shǔ jiā wánr　　de tài
鼠家玩儿得太

gāo xìng le　　zhí
高兴了。直

dào tīng dào　　hōng
到听到"轰

lōng lōng　　de léi shēng
隆隆"的雷声，

131

tā cái zhī dào bào yǔ zhēn de yào lái le   tū rán   huān huan xiǎng qǐ
他才知道暴雨真的要来了！突然，欢欢想起

hé miàn de xiǎo fú qiáo bú shì hěn wěn gù   rú guǒ yǔ lián xù xià de
河面的小浮桥不是很稳固，如果雨连续下的

huà   xiǎo fú qiáo huì bèi chōng zǒu de
话，小浮桥会被冲走的。

xiǎng dào zhè lǐ huān huan dǐng qǐ yí piàn dà shù yè jiù wǎng
想到这里欢欢顶起一片大树叶就往

hé biān pǎo   tā gǎn dào hé biān yí kàn   xiǎo fú qiáo gāng gāng bèi
河边跑。他赶到河边一看，小浮桥刚刚被

chōng zǒu
冲走。

zhè yí qiè dōu bèi dǎ zhe yǔ sǎn xún zhǎo huān huan de tù mā ma
这一切都被打着雨伞寻找欢欢的兔妈妈

kàn jiàn le   tā fēi kuài de pǎo huí jiā bān lái mù bǎn   yào zài dā yí
看见了，她飞快地跑回家搬来木板，要再搭一

zuò xīn qiáo
座新桥。

zhōng yú   qiáo dā hǎo le
终于，桥搭好了。

huān huan hé mā ma yì qǐ huí jiā
欢欢和妈妈一起回家

le   tù mā ma yīn
了。兔妈妈因

wèi lín yǔ dé le
为淋雨得了

zhòng gǎn mào   huān
重感冒。欢

huan yì zhí shǒu zài
欢一直守在

mā ma shēn biān　　gěi mā ma dào shuǐ　ná
妈妈身边，给妈妈倒水、拿

yào　hái gěi mā ma zuò fàn　tā duì mā ma
药，还给妈妈做饭。他对妈妈

shuō　　mā ma　wǒ zài yě bù táo
说："妈妈，我再也不淘

qì le　yǐ hòu yí dìng tīng nín de
气了，以后一定听您的

huà　　tù mā ma tīng dào
话。"兔妈妈听到

huān huan de huà　xīn wèi de
欢欢的话，欣慰地

xiào le
笑了。

　　父母是我们生命中的第一位老师，他们用无限的爱心和丰富的经验关爱和教育着我们。所以，在父母面前，我们一定要做一个听话懂事的好孩子！

燕子和杜鹃
yan zi he du juan

zài yí gè měi lì de rì zi li　yàn zi xián lái shù zhī hé ní
在一个美丽的日子里,燕子衔来树枝和泥

tǔ zhù le yí gè yòu nuǎn huo　yòu jiē shi de wō　yīn wèi tā jiù yào
土筑了一个又暖和、又结实的窝,因为她就要

zuò mā ma le
做妈妈了。

dù juān yě yào zuò mā ma le　kě tā shén me yě bù zhǔn bèi
杜鹃也要做妈妈了,可她什么也不准备,

měi tiān fēi lái fēi qù de kàn shéi de
每天飞来飞去地看谁的

wō zhù de hǎo　tā kàn dào sēn lín
窝筑得好。她看到森林

lǐ shǔ yàn zi de wō
里数燕子的窝

zhù de hǎo　biàn
筑得好,便

xiàng yàn zi de wō fēi qù
向燕子的窝飞去。

"你好啊，燕子！"杜鹃 装 出十分亲热的
样子。

燕子也不好意思撵杜鹃出去。她走出窝
来，请杜鹃进去了。

杜鹃学着燕子孵蛋的样子，蹲下身子：
"多么舒服啊！让我多待一会儿吧。"过了好一
会儿，杜鹃才从窝里走出来。

燕子接着孵蛋，她没有发
现，在她翅膀下面多了
一个杜鹃蛋。

孵蛋
的日子过
得真慢
啊！燕
子耐心

de děng zhe　　zhōng yú　　chì bǎng dǐ xia chuán lái le zhuó dàn kér
地等着。终于，翅膀底下传来了啄蛋壳儿

de shēng yīn
的声音。

　　yàn zi bǎ nà zhī pò kér　de dàn yí dào miàn qián　yí kàn
　　燕子把那只破壳儿的蛋移到面前，一看，

xiǎo niǎo de nǎo dai shēn le chū lái　yàn zi mā ma gāo xìng jí le　qīng
小鸟的脑袋伸了出来。燕子妈妈高兴极了，轻

qīng de bāng tā chū le dàn kér　　tā cí ài de kàn zhe tā de dì
轻地帮他出了蛋壳儿。她慈爱地看着她的第

yī ge hái zi　yòng zuǐ shū lǐ zhe tā yòu shī yòu luàn de yǔ máo
一个孩子，用嘴梳理着他又湿又乱的羽毛。

　　zhè zhī xiǎo niǎo de gè tóur　bǐ yì bān gāng chū kér　de xiǎo
　　这只小鸟的个头儿比一般刚出壳儿的小

niǎo dà de duō　yàn zi mā ma zhǐ gù gāo
鸟大得多。燕子妈妈只顾高

xìng　gēn běn méi zhù yì dào nà shì zhī
兴，根本没注意到那是只

xiǎo dù juān
小杜鹃。

guò le jǐ tiān
过了几天，

lìng wài sān zhī dàn yě pò
另外三只蛋也破

kér le nà
壳儿了。那

zhī gè tóur dà
只个头儿大

de niǎo wèi kǒu tè
的鸟胃口特

bié hǎo   tā zǒng shì chī bu bǎo   yàn zi mā ma nìng
别好,他总是吃不饱。燕子妈妈宁

yuàn zì jǐ ái è   yě yào bǎ shí wù gěi xiǎo dù
愿自己挨饿,也要把食物给小杜

juān hé zì jǐ de hái zi men chī   tā
鹃和自己的孩子们吃。她

bǎ suǒ yǒu de ài dōu gěi le tā men
把所有的爱都给了他们。

jiù zhè yàng   zài yàn zi mā ma de jīng
就这样,在燕子妈妈的精

xīn zhào liào xià   hái zi men yì tiān tiān zhǎng dà le   tā men kě yǐ
心照料下,孩子们一天天长大了。他们可以

zì jǐ mì shí le   ér zhè shí   yàn zi mā ma yǐ jīng dòng bu liǎo le
自己觅食了。而这时,燕子妈妈已经动不了了。

dàn hái zi men hěn xiào shùn   yóu qí shì xiǎo dù juān   měi tiān zǒng shì
但孩子们很孝顺,尤其是小杜鹃,每天总是

bǎ shí wù gěi yàn zi mā ma sòng guo lai   ér nà zhī dù juān mā ma què
把食物给燕子妈妈送过来。而那只杜鹃妈妈却

yīn wèi méi yǒu shí wù è sǐ le
因为没有食物饿死了。

善良的燕子全心全意地抚养着小燕子和小杜鹃,而同样是妈妈的杜鹃却自私懒惰,不负责任。所以,小朋友们千万不要学杜鹃妈妈,要从小做一个有责任感、有爱心的人啊。

毛遂自荐

mao sui zi jian

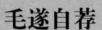

zhàn guó shí qī zhào guó de píng yuán jūn　　zhào shèng　　chǔ guó
战国时期赵国的平原君（赵胜）、楚国

de chūn shēn jūn　　qí guó de mèng cháng jūn hé wèi guó de xìn líng jūn
的春申君、齐国的孟尝君和魏国的信陵君

bèi chēng wéi　　zhàn guó sì jūn zǐ　　tā men
被称为"战国四君子"。他们

gāo jū xiàng wèi　　qì dù fēi fán　　shàn yú
高居相位，气度非凡，善于

yǎng shì　　zhāo mù yǒu zhī shi　　yǒu
养士（招募有知识、有

cái néng de rén
才能的人）。

gōng yuán qián   nián   qín guó dà jiàng bái qǐ shuài bīng gōng
公元前259年，秦国大将白起率兵攻

dǎ zhào guó jié guǒ qín jūn dà huò quán shèng   liǎng nián hòu   qín guó
打赵国,结果秦军大获全胜。两年后,秦国

yòu yào dà jǔ jìn gōng zhào guó de dū chéng hán dān zhè xià kě jí huài
又要大举进攻赵国的都城邯郸。这下可急坏

le zhào wáng   tā lì kè pài píng yuán jūn zhào shèng zuò wéi shǐ zhě
了赵王,他立刻派平原君赵胜作为使者,

xiàng chǔ guó qiú jiù
向楚国求救。

zhào shèng jué dìng xuǎn   míng pǐn zhì yōu xiù   wén wǔ shuāng
赵胜决定选20名品质优秀、文武双

quán de mén kè qián wǎng chǔ guó   suī rán tā mén xià mén kè shù qiān
全的门客前往楚国。虽然他门下门客数千

rén dàn zhēn zhèng suàn de shàng shì yǒu yǒng yǒu móu zhě jìng liáo liáo wú
人,但真正算得上是有勇有谋者竟寥寥无

jǐ zhè kě bǎ zhào shèng gěi nán zhù le   zhèng zài zhè shí   yǒu ge
几。这可把赵胜给难住了。正在这时,有个

jiào máo suì de rén   zì wǒ tuī jiàn zhào shèng duì máo suì háo wú yìn
叫毛遂的人,自我推荐。赵胜对毛遂毫无印

xiàng biàn wèn   xiān
象,便问:"先

sheng zài wǒ mén xià
生在我门下

jǐ nián le   sān
几年了?""三

nián le   máo suì huí
年了。"毛遂回

dá dào xiān sheng zài wǒ mén xià dāi le sān nián zhī jiǔ yě méi yǒu
答道。"先 生 在 我 门 下 待 了 三 年 之 久，也 没 有
rén tuī jǔ guo nǐ kě jiàn nǐ méi shén me běn lǐng hái shi liú xià
人 推 举 过 你，可 见 你 没 什 么 本 领，还 是 留 下
ba zhào shèng lěng lěng de shuō
吧！"赵 胜 冷 冷 地 说。

máo suì shí fēn bù fú qì yǔ zhào shèng zhēng biàn qi lai zuì
毛 遂 十 分 不 服 气，与 赵 胜 争 辩 起 来。最
hòu zhào shèng jué dìng gěi máo suì yí gè jī huì biàn dā ying ràng tā
后，赵 胜 决 定 给 毛 遂 一 个 机 会，便 答 应 让 他
yì tóng qù chǔ guó lìng wài ge mén kè dōu xiào tā bú zì liàng lì
一 同 去 楚 国。另 外19个 门 客 都 笑 他 不 自 量 力。

zhào shèng yì xíng rén dào le chǔ guó yóu shuì gōng zuò zuò de hěn
赵 胜 一 行 人 到 了 楚 国，游 说 工 作 做 得 很

bú shùn lì　　tā men xiàng chǔ wáng chǎn shù le lián hé kàng qín de
不顺利。他们向楚王阐述了联合抗秦的

zhòng yào xìng　　dàn chǔ wáng réng ná bu dìng zhǔ yi
重要性，但楚王仍拿不定主意。

máo suì shí fēn nǎo huǒ　　àn zhe pèi jiàn zǒu shàng tái jiē shuō
毛遂十分恼火，按着佩剑走上台阶说：

lián hé kàng qín de　lì hài guān xì　yí jù huà biàn néng gòu dìng duó
"联合抗秦的利害关系一句话便能够定夺，

méi xiǎng dào dà wáng què shì rú cǐ tuō tà
没想到大王却是如此拖沓！"

chǔ wáng jiàn máo suì jìng rú cǐ ào màn wú
楚王见毛遂竟如此傲慢无

lǐ　biàn nù chì dào　　nǐ suàn shén me rén　hái
礼，便怒斥道："你算什么人？还

bú tuì xia qu　　wǒ hé nǐ de zhǔ rén jiǎng huà
不退下去？我和你的主人讲话，

yǔ nǐ hé gān
与你何干？"

141

máo suì shuō dào　　　　dà wáng chì zé wǒ　　jiù shì yǐ zhàng zhe
毛遂说道："大王斥责我,就是倚仗着

chǔ guó rén duō shì zhòng　　dàn xiàn zài wǒ yǔ nín xiāng jù bú dào shí
楚国人多势众。但现在我与您相距不到十

bù　　nín de xìng mìng wán quán cāo zòng zài wǒ de shǒu li
步,您的性命完全操纵在我的手里。"

suí hòu　　máo suì huà fēng yì zhuǎn　　yòu dà zàn chǔ guó dì dà wù
随后,毛遂话锋一转,又大赞楚国地大物

bó　　bīng duō jiàng guǎng　　máo suì duì chǔ wáng shuō dào　　　　píng jiè chǔ
博、兵多将广,毛遂对楚王说道:"凭借楚

guó de shí lì shì wán quán kě yǐ chēng bà de　　nín zěn me xīn gān qíng
国的实力是完全可以称霸的,您怎么心甘情

yuàn de chén fú yú qín ne　　　máo suì yòu shuō　　　　yí gè xiǎo xiǎo de
愿地臣服于秦呢?"毛遂又说:"一个小小的

白起，竟能率数万之众攻打楚国，火烧夷陵，毁掉楚国宗庙，羞辱了楚国的祖先（事发于公元前278年），这是楚国的奇耻大辱啊！现在你我两国联合抗秦，其实是为楚国雪耻啊！"

楚王听了毛遂的一席话，终于下定决心出兵抗秦。于是，楚王和赵胜等一行人歃血为盟。

回国后，毛遂得到了赵胜的重用。

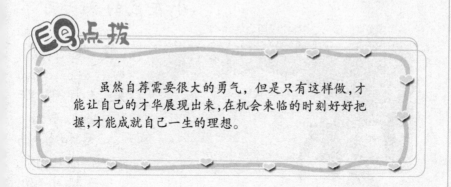

EQ点拨

虽然自荐需要很大的勇气，但是只有这样做，才能让自己的才华展现出来，在机会来临的时刻好好把握，才能成就自己一生的理想。

小鸭的朋友们

xiao ya de peng you men

xiǎo yā de chuáng duì miàn guà
小鸭的 床 对面挂

zhe yì fú huà huà shang shì sān zhī
着一幅画，画上是三只

kě ài de xiǎo huī shǔ zhè sān zhī
可爱的小灰鼠，这三只

xiǎo huī shǔ de lái lì kě bú
小灰鼠的来历可不

yì bān ne yuán
一般呢！原

lái xiǎo yā zuó
来，小鸭昨

tiān hé mā ma
天和妈妈

yì qǐ qù dòng
一起去动

wù yuán de shí hou
物园的时候，

看到了三只小灰鼠，小鸭一下子就喜欢上了这三只小灰鼠。那天晚上，小鸭做了一个梦。在梦里，小鸭和小灰鼠们玩儿得非常开心，临别时，小灰鼠还送给小鸭一幅画，画上有三只可爱的小灰鼠。第二天，小鸭从梦中醒来，看到在自己的床边真的放着一幅画着三只小灰鼠的画，小鸭高兴极了。从那以后，小鸭每次进入梦乡，都会和三只小灰鼠一起开心地在动物园里玩儿。

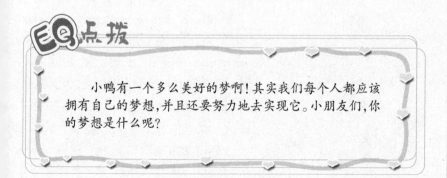

EQ点拨

小鸭有一个多么美好的梦啊！其实我们每个人都应该拥有自己的梦想，并且还要努力地去实现它。小朋友们，你的梦想是什么呢？

外面的世界
wai mian de shi jie

xiǎo tù zi yǐ jīng zhǎng dà le dàn tā dǎn zi hěn xiǎo zǒng
小兔子已经长大了,但她胆子很小,总

yě bù gǎn chū mén
也不敢出门。

yì tiān xiǎo tù zi kàn jiàn xiǎo gǒu hé xiǎo māo zài wánr pí
一天,小兔子看见小狗和小猫在玩儿皮

qiú tā men wánr de kě gāo xìng le
球,他们玩儿得可高兴了。

xiǎo tù zi kàn le hěn xiàn mù hěn
小兔子看了很羡慕,很

xiǎng gēn tā men yì qǐ chū qù wánr
想跟他们一起出去玩儿。

dàn shì sēn lín li yǒu hěn duō yě shòu
但是森林里有很多野兽,

tài wēi xiǎn le xiǎo tù zi xiǎng dào
太危险了。小兔子想到

zhèr shāng xīn jí le jiù kū
这儿,伤心极了,就哭

le qǐ lái　 tù mā ma tīng le　gǎn jǐn guò lái wèn tā zěn me le　xiǎo
了起来，兔妈妈听了，赶紧过来问她怎么了。小

tù zi gào su le mā ma　mā ma shuō　　bǎo bǎo　 nǐ kàn　xiǎo gǒu
兔子告诉了妈妈。妈妈说："宝宝，你看，小狗

wāng wang yǐ jīng shì yì tiáo dà gǒu le　 tā huì bǎo hù nǐ de　 xiǎo
汪 汪已经是一条大狗了，他会保护你的。"小

tù zi xiào le　 yú shì tā pǎo
兔子笑了，于是她跑

chu qu zhǎo xiǎo gǒu hé xiǎo māo
出去找 小狗和小猫

wánr　 le
玩儿了。

zài sēn lín li　 tā men yù dào le
在森林里，他们遇到了

yì　 zhī　 xiǎo
一 只 小

sōng shǔ　 zhǐ jiàn
松鼠，只见

xiǎo sōng shǔ zhèng
小松鼠正

zài shān shang fàng fēng zheng ne
在 山 上 放 风 筝 呢!

xiǎo gǒu gē ge fēng zheng wèi shén me huì fēi qi lai ya xiǎo
"小 狗 哥 哥,风 筝 为 什 么 会 飞 起 来 呀?"小

tù zi hào qí de wèn yīn wèi yǒu fēng zài chuī ya xiǎo gǒu wāng
兔 子 好 奇 地 问。"因 为 有 风 在 吹 呀。"小 狗 汪

wāng qīn qiè de jiě shì dào pā dā pā dā xià yǔ le
汪 亲 切 地 解 释 道。"啪 哒"、"啪 哒……"下 雨 了。

xiǎo gǒu gē ge tiān kōng zài kū tā yí dìng hěn nán guò ba
"小 狗 哥 哥,天 空 在 哭,他 一 定 很 难 过 吧?"

bú shì de shì bào fēng yǔ
"不 是 的,是 暴 风 雨

yào lái le wǒ men qù sōng shǔ jiā duǒ
要 来 了,我 们 去 松 鼠 家 躲

yi duǒ ba yú shì tā men hěn kuài
一 躲 吧!"于 是 他 们 很 快

pǎo dào shān xià sōng shǔ de jiā li
跑 到 山 下 松 鼠 的 家 里。

hū rán yí dào
忽 然,一 道

shǎn diàn huá pò cháng
闪 电 划 破 长

kōng xiǎo tù zi xià
空。小 兔 子 吓

de jīng jiào le qǐ lái
得 惊 叫 了 起 来。

jǐn jiē zhe hōng lōng
紧 接 着,"轰 隆

hōng lōng
—— 轰 隆 ——"

chuán lái le léi shēng
传来了雷声。

āi yā zhè shì shén me shēng yīn hǎo kě pà ya xiǎo tù
"哎呀,这是什么声音,好可怕呀!"小兔

zi hài pà de wǔ shàng le ěr duo
子害怕地捂上了耳朵。

bié pà zhè shì jīn nián chūn tiān de dì yī dào shǎn diàn hé dì
"别怕,这是今年春天的第一道闪电和第

yī shēng xiǎng léi a sōng shǔ mā ma gǎn jǐn shuō
一声响雷啊。"松鼠妈妈赶紧说。

bào fēng yǔ zhōng yú guò qù le tā men zǒu chū xiǎo mù wū
暴风雨终于过去了。他们走出小木屋,

hū xī zhe yǔ hòu qīng xīn de kōng qì kàn zhe cǎo yè jiān jīng yíng de
呼吸着雨后清新的空气,看着草叶间晶莹的

shuǐ zhūr xiǎo tù zi gāo xìng jí le
水珠儿,小兔子高兴极了。

à tiān
"啊,天

kōng kě zhēn piào
空可真漂

liang a kàn nà
亮啊!看那

biān shì shéi bǎ
边,是谁把

yì tiáo cǎi sè de
一条彩色的

dài zi guà dào tiān
带子挂到天

shang le ne
上了呢?"

^{xiǎo tù zi kuài huo de shuō} ^{nà shì cǎi hóng}
小兔子快活地说。"那是彩虹

^{ya xiǎo gǒu shuō}
呀。"小狗说。

^{jīn tiān xiǎo tù zi hěn yǒu chéng}
今天,小兔子很有成

^{jiù gǎn yīn wèi tā dì yī cì chū mén}
就感,因为她第一次出门

^{jiù xué xí le hěn duō zhī}
就学习了很多知

^{shi cóng zhè tiān qǐ xiǎo}
识。从这天起,小

^{tù zi tiān tiān tóng xiǎo gǒu}
兔子天天同小狗

^{yì qǐ chū qù wánr tā yě}
一起出去玩儿,她也

^{jiàn jiàn de rèn shi le wài miàn de shì jiè}
渐渐地认识了外面的世界……

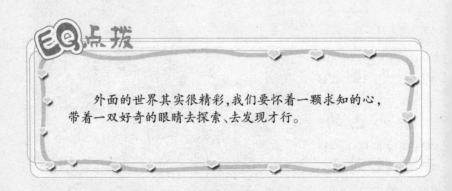

外面的世界其实很精彩,我们要怀着一颗求知的心,带着一双好奇的眼睛去探索、去发现才行。

迟到的电车

chi dao de dian che

yì tiān zǎo shang　　yí liàng diàn chē méi yǒu àn yuán dìng lù xiàn
一天早上，一辆电车没有按原定路线

xíng shǐ　tā kāi chū le màn dùn chéng　zài yí piàn shù lín li tíng le
行驶。它开出了曼顿城，在一片树林里停了

xià lái
下来。

chē shang de chéng kè fēn fēn dà jiào　　sī jī
车上的乘客纷纷大叫："司机，

zěn me huí shì　　nǐ zěn
怎么回事？你怎

me kāi dào zhèr
么开到这儿

lái le　　yí gè
来了？"一个

xī zhuāng gé lǚ
西装革履

de rén shuō　　yào
的人说："要

151

shì wǒ shàng bān chí dào le   wǒ jiù ràng diàn chē gōng sī péi cháng wǒ
是我上班迟到了，我就让电车公司赔偿我

de sǔn shī
的损失。"

kě shì sī jī hé shòu piào yuán yě bù zhī dào shì zěn me huí shì
可是司机和售票员也不知道是怎么回事，

diàn chē méi yǒu tīng cóng tā men de zhǐ huī jìng rán zì jǐ kāi dào zhèr
电车没有听从他们的指挥，竟然自己开到这儿

lái le   zhèng shuō zhe diàn chē yòu zì jǐ
来了。正说着，电车又自己

dòng qi lai le   tíng zài le yí piàn
动起来了，停在了一片

shù yīn xià
树荫下。

kōng qì zhēn xīn xiān ya   yí wèi
"空气真新鲜呀！"一位

tài tai gāo xìng de shuō   rán hòu tā zǒu xià
太太高兴地说。然后她走下

le chē   kāi shǐ tān lán de hū xī zǎo chen
了车，开始贪婪地呼吸早晨

xīn xiān de kōng qì   suí hòu hái zài lù
新鲜的空气，随后还在路

páng cǎi le yì duǒ piào liang de
旁采了一朵漂亮的

yě huā
野花。

chē shang
车上

de chéng kè
的乘客

bú zài bào yuàn　fēn fēn cóng chē shang zǒu xia lai　tā men yǒu de zuò
不再抱怨，纷纷从车上走下来，他们有的做

qǐ le yùn dòng　yǒu de gān cuì zǒu jìn le shù lín　hái yǒu yí gè rén
起了运动，有的干脆走进了树林，还有一个人

fā xiàn le yì zhū cǎo méi　tā gāo xìng de jiào le qǐ lái　suǒ yǒu de
发现了一株草莓，他高兴地叫了起来。所有的

rén dōu zài xiǎng shòu zhe zhè ge tè bié de zǎo chen dài lái de huān yú
人都在享受着这个特别的早晨带来的欢愉！

tū rán　diàn chē zì jǐ yòu kāi shǐ màn màn de chū fā le
突然，电车自己又开始慢慢地出发了。

chéng kè men gǎn jǐn dōu shàng le chē　kě shì suǒ yǒu de rén dōu zài
乘客们赶紧都上了车。可是所有的人都在

shuō　zhēn shì de　wǒ men hái méi wánr gòu ne
说："真是的，我们还没玩儿够呢。"

diàn chē yòu huí dào le zhèng guǐ　suǒ yǒu de yí qiè yòu kāi shǐ
电车又回到了正轨，所有的一切又开始

yǒu tiáo bù wěn de jìn xíng zhe　rán ér rén men de xīn qíng què yí xià zi
有条不紊地进行着，然而人们的心情却一下子

hǎo le hěn duō
好了很多。

现在的生活节奏越来越快，人们都在忙着工作，常常
疏忽了生活中一些美好的事情。利用一个节假日，到野外
去放松一下心情，感受一下大自然的气息，一定是一件惬
意的事情。

画 像
hua xiang

xiè ěr gài hé wò shā shì tóng bān tóng xué　yě shì hǎo péng you
谢尔盖和沃沙是同班同学，也是好朋友。

měi shù kè shang　lǎo shī ràng dà jiā zì yóu huà huàr　xiè
美术课上，老师让大家自由画画儿。谢

ěr gài huà le tiáo chuán　tā hěn xiǎng zhī dào wò shā huà de shì shén
尔盖画了条船，他很想知道沃沙画的是什

me　kě shì méi kàn dào　lǎo shī kāi shǐ jiǎng píng
么，可是没看到。老师开始讲评

le　tā xiān ná chū xiè ěr gài de huàr　tóng xué
了，她先拿出谢尔盖的画儿，同学

men dōu kuā tā
们都夸他

huà de hǎo
画得好。

jiē zhe ná chū
接着拿出

le wò shā de
了沃沙的

huàr　　　tā huà le yí gè hěn zāng de nán háir　　tí mù shì　　wǒ
画儿,他画了一个很脏的男孩儿,题目是:《我

de péng you xiè ěr gài　　tóng xué men kàn le dōu hā hā dà xiào
的朋友谢尔盖》,同学们看了都哈哈大笑。

　　　　xiè ěr gài hěn shēng qì　　tā duì wò shā shuō　　nǐ zěn me bǎ
谢尔盖很生气,他对沃沙说:"你怎么把

wǒ huà chéng nà yàng　　wò shā shuō　　nǐ běn lái jiù nà yàng a
我画成那样?"沃沙说:"你本来就那样啊!"

xiè ěr gài jué dìng yǐ hòu bú zài hé wò shā zuò péng you le
谢尔盖决定以后不再和沃沙做朋友了。

　　　zài shàng měi shù kè shí　　xiè ěr gài zhǔn bèi huà yì zhāng
再上美术课时,谢尔盖准备画一张

wò shā de huà xiàng　　tā huà le zhǎng zhe yí dà yì xiǎo liǎng zhī
沃沙的画像。他画了长着一大一小两只

yǎn jing　　wāi zhe zuǐ ba　　tóu fa sǎn
眼睛,歪着嘴巴,头发散

luàn　　xiàng yāo guài yí yàng de rén
乱,像妖怪一样的人。

xiè ěr gài huà hǎo le
谢尔盖画好了,

hěn dé yì
很得意。

　　　lǎo shī kāi shǐ
老师开始

jiǎng píng le　　dāng
讲评了。当

lǎo shī ná chū xiè ěr
老师拿出谢尔

gài de huàr　　shí
盖的画儿时,

tóng xué men dōu dà xiào qǐ lai
同学们都大笑起来。

nǐ huà de shì shéi a　xiàng guài wu yí yàng　lǎo shī shuō
"你画的是谁啊？像 怪物一样。"老师说：
zhè lǐ xiě de shì xiè ěr gài　xiè ěr gài　zhè shì nǐ de zì huà
"这里写的是谢尔盖。谢尔盖，这是你的自画
xiàng ma
像吗？"

tóng xué men yì tīng　xiào de gèng huān le　xiè ěr gài zhè cái
同学们一听，笑得更 欢了。谢尔盖这才
xiǎng qǐ wàng le xiě huà míng le　zhèng zài hòu huǐ zhī jì　zhǐ jiàn wò
想起忘了写画名了，正在后悔之际，只见沃
shā zhàn qǐ lai dà shēng shuō　lǎo shī　nà fú huàr　shì wǒ huà
沙站起来大声 说："老师，那幅画儿是我画
de　huà yīn gāng luò　jiào shì li dùn shí jìng le xià lái　tóng xué men
的！"话音 刚落，教室里顿时静了下来，同学们
dōu hěn pèi fú wò shā de yǒng qì
都很佩服沃沙的勇气。

hòu lái　xiè ěr gài hé wò shā xiāng hù yuán liàng le duì fāng
后来，谢尔盖和沃沙相互原谅了对方，
yòu biàn de xiàng yǐ qián yí yàng hǎo le
又变得像以前一样好了。

EQ点拨

　　你喜欢什么样的朋友？是喜欢捉弄你的朋友还是讨
好你的朋友呢？朋友之间有矛盾，我们要及时化解，勇于
承认自己的错误不仅可以获得朋友的谅解，还能让你们
的友情更加牢固。

替太阳上班

ti tai yang shang ban

一天，卫星见太阳和月亮都不太高兴，就问："你们为什么不高兴呢？"太阳说："我俩总不能在一起玩儿。他有空了我上班，我休息时他上班，真没劲。"月亮说："要是能让我们在一起玩儿一天，那该多好啊！"卫星想了想，说："明天一早我来替太阳上班吧。你们一起出去玩儿个痛快。"

第二天一早，卫星就跑到天上，穿着太

yáng shàng bān shí chuān de yī fu　　kāi shǐ gōng zuò le　　xiǎo péng yǒu
阳上班时穿的衣服，开始工作了。小朋友

men zài dì shang jiào qǐ lai　　kuài kàn wèi xīng zài tiān shang na
们在地上叫起来："快看，卫星在天上哪！"

wèi xīng bà ba kàn dào wèi xīng zài tiān shang　hěn dé yì de shuō　　wǒ
卫星爸爸看到卫星在天上，很得意地说："我

men de wèi xīng zhàn zài tiān shang　　dì shang duō liàng tang　　wèi xīng mā
们的卫星站在天上，地上多亮堂。"卫星妈

ma shuō　　wǒ men jiā wèi xīng zhǎng dà le　　xué huì tǐ liàng bié ren
妈说："我们家卫星长大了，学会体谅别人，

yě zhī dào bāng zhù bié ren le
也知道帮助别人了！"

xiǎo péng yǒu men zài dì shang wán pí qiú　　què zǒng shì jiē bu
小朋友们在地上玩皮球，却总是接不

zhù　　wèi xīng zài tiān shang kàn zhe
住，卫星在天上看着

jí huài le　　lì kè
急坏了，立刻

cóng tiān shang chōng
从天上冲

le xià lái xiǎng
了下来想

bāng máng　　zhè
帮忙。这

xià kě bù dé
下可不得

liǎo le　　shì jiè biàn
了了，世界变

de qī hēi yí piàn　　wèi
得漆黑一片。卫

xīng xià le yí dà tiào gǎn jǐn pǎo huí tiān shang shì jiè yòu liàng tang
星吓了一大跳，赶紧跑回天上，世界又亮堂

le tā zài yě bù gǎn luàn pǎo le
了，他再也不敢乱跑了。

bàng wǎn dà jiā dōu huí jiā le zhǐ yǒu wèi xīng hái bù néng huí
傍晚，大家都回家了，只有卫星还不能回

jiā tā yòu lèi yòu lěng zhèng zài zhè shí tài yáng hé yuè liang wán
家，他又累又冷。正在这时，太阳和月亮玩

shuǎ huí lái le tā men yì qǐ shuō xiè xie nǐ wèi xīng nǐ kě yǐ
耍回来了，他们一起说："谢谢你卫星，你可以

huí jiā le nǐ zhēn shi yí gè lè yú zhù rén de hǎo hái zi ya
回家了。你真是一个乐于助人的好孩子呀！"

　　小卫星年龄虽小，却很懂事，他不仅能体谅别人，而且还会及时伸出援助之手帮助别人。孩子们，你身边有这样的小伙伴吗？你觉得小卫星身上还有哪些优良品质呢？

小猪胖胖买糖
xiǎo zhū pàng pàng mǎi táng

xià tiān kě zhēn rè a　chī guò wǔ fàn　xiǎo zhū pàng pang jiù
夏天可真热啊！吃过午饭，小猪胖胖就

shàng chuáng shuì wǔ jiào le　bù zhī
上床睡午觉了，不知

bù jué zhōng tā jìn rù le tián měi
不觉中他进入了甜美

de mèng xiāng　zài mèng li　tā
的梦乡。在梦里，他

mèng jiàn zì jǐ guò shēng rì　mā
梦见自己过生日，妈

ma gěi tā mǎi le xǔ duō táng　yǒu
妈给他买了许多糖，有

qiǎo kè lì　xiàng pí táng　huā
巧克力、橡皮糖、花

shēng táng　bàng bàng táng……
生糖、棒棒糖……

pàng pang kāi xīn jí le　tā
胖胖开心极了，他

yí kuàir jiē yí kuàir de pǐn cháng zhe zhè xiē táng guǒ jué de
一块儿接一块儿地品尝着这些糖果，觉得

xìng fú jí le
幸福极了。

hū rán mèng xǐng le kě pàng pang hái méi chī gòu ne pàng
忽然，梦醒了，可胖胖还没吃够呢！胖

pang xìng xìng de róu zhe yǎn jing wú nài de shuō wǒ hái méi chī gòu
胖悻悻地揉着眼睛，无奈地说："我还没吃够

ne xǐng de kě zhēn bú shì shí hou yú shì tā cóng chuáng shang
呢，醒得可真不是时候。"于是，他从床上

qǐ lái bǎ jiā li de táng guǒ guàn fān le ge biàn kě shì méi zhǎo
起来，把家里的糖果罐翻了个遍，可是没找

dào yí kuàir táng ài dōu guài mā ma guǎn de tài yán le méi bàn
到一块儿糖。唉，都怪妈妈管得太严了。没办

fǎ pàng pang zhǐ hǎo cóng chǔ xù guàn
法，胖胖只好从储蓄罐

li ná chū le yì yuán qián dǎ suàn
里拿出了一元钱，打算

zì jǐ qù mǎi diǎnr táng guǒ
自己去买点儿糖果。

zài qù mǎi táng guǒ de lù
在去买糖果的路

shang pàng pang yù dào le
上，胖胖遇到了

xióng ā yí hé xiǎo xióng bèi bei xiǎo
熊阿姨和小熊贝贝，小

xióng bèi bei de yí bànr liǎn zhǒng
熊贝贝的一半儿脸肿

le qǐ lái pàng pang yǒu lǐ mào de
了起来，胖胖有礼貌地

wèn　ā yí　　nín dài zhe bèi bei qù nǎr
问："阿姨,您带着贝贝去哪儿

le　 xióng ā yí shuō　　bèi bei de yá
了?"熊阿姨说:"贝贝的牙

zuó wǎn téng le yí yè　 jīn tiān wǒ dài tā
昨晚疼了一夜,今天我带他

qù yáng yī shēng nà　 lǐ　dǎ xiāo yán zhēn
去羊医生那里打消炎针

le　dōu shì yīn wèi tā tài ài chī táng guǒ
了,都是因为他太爱吃糖果

le　 pàng pang guān qiè de wèn bèi bei
了。"胖胖关切地问贝贝:

bèi bei　dǎ zhēn téng ma　 bèi bei chóu méi
"贝贝,打针疼吗?"贝贝愁眉

kǔ liǎn de shuō　　dōu kuài téng sǐ wǒ le　dàn zǒng bǐ bá yá yào hǎo
苦脸地说:"都快疼死我了,但总比拔牙要好

ba　 yǐ hòu wǒ zài yě bù chī nà me duō táng guǒ le
吧,以后我再也不吃那么多糖果了。"

gào bié le xiǎo xióng mǔ zǐ　 pàng pang méi yǒu qù shāng diàn mǎi
告别了小熊母子,胖胖没有去商店买

táng guǒ　ér shì zhí jiē qù xué xiào le
糖果,而是直接去学校了。

糖是一种美味的食品,那甜甜的味道让很多小朋友
着迷。可是,糖吃多了对牙齿有害。爱吃糖的小朋友要吸
取故事中小熊贝贝的教训,如果小小的年纪就把牙齿拔
掉了多难看呀!

组装礼物
zu zhuang li wu

一天清晨，树袋熊多多的妈妈收到了多多舅舅邮来的一个箱子。多多和妈妈打开箱子，发现里面有1个方向盘，6个坐垫，4个轮胎，还有一些其他零件。

妈妈说："这是什么？我去给你舅舅打电话，让他来给咱们装好吧。"

多多说："妈妈，我看见箱子里有说明书，我想按

EQ点拨

多多真是一个聪明的孩子！生活中的许多难题都是看起来很难，但是如果动脑筋去解决，就一定会攻破的。小朋友们，你是要做一个遇到困难就退缩的"胆小鬼"，还是要做一个勇于向前、不怕困难的挑战者呢？

zhào shuō míng shū zì jǐ zǔ zhuāng yí xià
照 说 明 书 自己组 装 一下。"

mā ma jiāng xìn jiāng yí de shuō   nà nǐ jiù shì shi ba   wǒ
妈妈将信将疑地说："那你就试试吧，我

zài páng biān bāng nǐ
在旁边帮你。"

mǔ zǐ liǎ jiù zhè yàng máng kāi le   bù yí huìr   yí liàng
母子俩就这样 忙开了。不一会儿，一辆

xiǎo qì chē jiù zǔ zhuāng hǎo le   duō duo gāo xìng de shuō
小汽车就组 装 好了。多多高兴地说：

mā ma   wǒ men qù dōu fēng ba   shuō wán   tā men jiù
"妈妈，我们去兜风吧。"说完，他们就

kāi zhe xiǎo qì chē chū qù le
开着小汽车出去了。

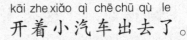

宝谷里的故事
bao gu li de gu shi

bǎo gǔ shì yí gè měi lì fù ráo de
宝谷是一个美丽富饶的

shān gǔ zài zhè lǐ shēng huó zhe sān
山谷，在这里生活着三

ge xiōng dì lǎo dà hé lǎo èr hěn lìn
个兄弟。老大和老二很吝

sè lǎo sān zé hěn shàn liáng
啬，老三则很善良。

yǒu yì tiān lǎo dà hé lǎo èr chū qù mǎi dōng xi lǎo sān zài
有一天，老大和老二出去买东西，老三在

jiā zuò fàn jiù zài fàn yào zuò hǎo de shí hou lái le yí wèi jī cháng
家做饭。就在饭要做好的时候，来了一位饥肠

lù lù de lǎo rén lǎo sān jiàn tā kě lián jiù bǎ zuò hǎo de fàn gěi
辘辘的老人，老三见他可怜，就把做好的饭给

tā chī le méi xiǎng dào zhè yí qiè bèi liǎng ge gē ge kàn jiàn le tā
他吃了。没想到这一切被两个哥哥看见了，他

men dǎ le dì di yí dùn hái jiāng lǎo rén gǎn le chū qù lǎo rén
们打了弟弟一顿，还将老人赶了出去。老人

shēng qì de shuō   wǒ
生气地说："我

shì yǔ shén wǒ zài yě
是雨神，我再也

bú huì dào zhè lǐ
不会到这里

lái le
来了。"

cóng nà yǐ
从那以

hòu   bǎo gǔ biàn
后，宝谷变

de yí piàn huāng liáng
得一片荒凉。

liǎng ge gē ge dài zhe suǒ yǒu
两个哥哥带着所有

de jiā chǎn zǒu le   zhǐ yǒu dì di liú le xià lái   tā yī rán zài tián
的家产走了，只有弟弟留了下来，他依然在田

li xīn qín de láo dòng zhe
里辛勤地劳动着。

yì tiān tā zhèng zài gàn huór   yǔ shén lái le shuō   nǐ
一天，他正在干活儿，雨神来了，说："你

hěn shàn liáng   xiàn zài nǐ dài shàng zhè píng shuǐ qù hé de yuán tóu   bǎ
很善良，现在你带上这瓶水去河的源头，把

shuǐ dào jìn qu jiù kě yǐ shǐ bǎo gǔ huī fù yuán mào le
水倒进去就可以使宝谷恢复原貌了。"

dì di rěn zhe jī kě jiāng shuǐ dài dào le hé de yuán tóu   jiù
弟弟忍着饥渴将水带到了河的源头，就

zài tā yào dào shuǐ de shí hou   kàn jiàn yí wèi lǎo rén jiù yào kě sǐ
在他要倒水的时候，看见一位老人就要渴死

EQ点拨

　　无私就是处处为他人着想，具有无私胸怀的人是善良的人。无私之心让我们的世界处处充满温暖，充满爱！

le　yú shì jiù bǎ shuǐ gěi lǎo rén hē le　lǎo rén hē
了，于是就把水给老人喝了。老人喝

wán shuǐ　duì tā shuō　　nǐ shì yí gè
完水，对他说："你是一个

shàn liáng de rén　kuài huí qù kàn kan nǐ
善良的人，快回去看看你

de bǎo gǔ ba
的宝谷吧。"

cǐ shí bǎo gǔ huī fù
此时宝谷恢复

le yuán mào　dì di zhè
了原貌，弟弟这

shí cái míng bai　nà ge
时才明白，那个

lǎo rén yuán lái jiù
老人原来就

shì hé shén
是河神。

一个善良的穷孩子
yi ge shan liang de qiong hai zi

cóng qián　yǒu ge kě lián de nǚ rén　tā yǒu sì ge nǚ ér
从前，有个可怜的女人，她有四个女儿。

yóu yú jiā li fēi cháng qióng　yí jiàn jiù yī fu nǚ ér men yào lún zhe
由于家里非常 穷，一件旧衣服女儿们要轮着

chuān　lún dào zuì xiǎo de nǚ ér shí　nà jiàn yī fu zǎo jiù pò làn bù
穿，轮到最小的女儿时，那件衣服早就破烂不

kān le
堪了。

yǒu yì nián dōng tiān　tiān qì tè bié hán lěng　xiǎo nǚ ér zhōng
有一年冬天，天气特别寒冷。小女儿终

yú jué dìng　yào yí gè rén dào wài miàn chuǎng yi chuǎng　zhèng yì
于决定，要一个人到外面 闯 一闯，挣一

xiē qián huí jiā　lái gǎi biàn jiā zhōng de xiàn zhuàng　yú shì　tā huī
些钱回家，来改变家中的现 状 。于是，她挥

lèi gào bié le jiā rén　yí gè rén shàng lù le
泪告别了家人，一个人上 路了。

lù shang　tā fā xiàn yì kē shù dǐ xia tǎng zhe yì zhī xiǎo
路上，她发现一棵树底下躺着一只小

niǎo　yuán lái　tā　shì cóng shù shang diào xia
鸟。原来它是从树上掉下

lai de
来的。

　　xiǎo nǚ ér bǎ tā qīng qīng
　　小女儿把它轻轻

de pěng qi lai　rán hòu hā zhe
地捧起来，然后哈着

rè qì　gěi tā nuǎn shēn
热气，给它暖身

zi　hái ràng lù guò de yí
子，还让路过的一

gè nán háir　bāng máng
个男孩儿帮忙

jiāng xiǎo niǎo chóng xīn sòng
将小鸟重新送

huí wō li
回窝里。

　　xiǎo nǚ ér jì xù cháo
　　小女儿继续朝

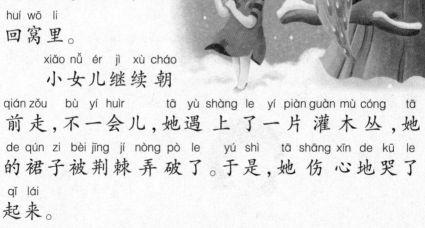

qián zǒu　bù yí huìr　tā yù shàng le yí piàn guàn mù cóng　tā
前走，不一会儿，她遇上了一片灌木丛，她

de qún zi bèi jīng jí nòng pò le　yú shì　tā shāng xīn de kū le
的裙子被荆棘弄破了。于是，她伤心地哭了

qǐ lái
起来。

　　zhè shí　yì zhī zài fù jìn zhǎo shí wù chī de xiǎo yáng gāo tīng
　　这时，一只在附近找食物吃的小羊羔听

jiàn kū shēng　zǒu guo qu ān wèi tā　bìng bǎ zì jǐ shēn shang de
见哭声，走过去安慰她，并把自己身上的

善良的人总会用真心去关心别人,真诚地帮助困难中的人们,同时也会得到人们的尊重与敬佩。孩子们,做一个关爱他人的好孩子吧! 你会在关爱他人的过程中,体会到人间的真情。

yáng máo sòng gěi le tā xiǎo nǚ ér shí qǐ le yáng máo gāo xìng de
羊毛送给了她。小女儿拾起了羊毛,高兴地

huí jiā le zài lù shang tā yù dào céng jiù guo de nà zhī xiǎo niǎo
回家了。在路上,她遇到曾救过的那只小鸟,

xiǎo niǎo bāng zhù tā bǎ yáng máo niǎn chéng le máo xiàn hái qǐng lái zhī
小鸟帮助她把羊毛捻成了毛线,还请来蜘

zhū bāng tā zhī chéng le bù
蛛帮她织成了布。

xiǎo nǚ ér huí dào jiā bǎ bù jiāo gěi le mā ma mā ma wèi
小女儿回到家,把布交给了妈妈。妈妈为

tā féng le yì tiáo qún zi zhēn shì piào liang jí le
她缝了一条裙子,真是漂亮极了。

快活的老裁缝
kuai huo de lao cai feng

从前，有一个老裁缝，他每天从早忙到
晚，总是一边唱歌一边干活儿，日子过得十
分快活。村子里的人都很喜欢
听老裁缝唱歌，因为他
快活的歌声能让听
的人也变得快乐。

但是，有一天早
上，老裁缝要干活儿
时，发现衣架都空了，

yí dìng shì xiǎo tōu bàn yè lái tōu zǒu le kè rén de yī fu lǎo cái feng
一定是小偷半夜来偷走了客人的衣服，老裁缝

hěn yōu chóu
很忧愁。

cóng zhè yǐ hòu cūn zi li de rén zài yě méi tīng dào lǎo cái feng
从这以后，村子里的人再也没听到老裁缝

chàng gē yì tiān zǎo shang lǎo cái feng qǐ chuáng shí fā xiàn bèi
唱歌。一天早上，老裁缝起床时，发现被

tōu zǒu de yī fu shén qí de huí dào le yī jià shang xiǎo tōu yí dìng
偷走的衣服神奇地回到了衣架上。小偷一定

yě shì yí gè xǐ huan tīng lǎo cái feng chàng gē de rén tā yí dìng shì
也是一个喜欢听老裁缝唱歌的人，他一定是

huái niàn lǎo cái feng de gē shēng xīn zhōng chǎn shēng le huǐ guò zhī
怀念老裁缝的歌声，心中产生了悔过之

yì cái bǎ suǒ yǒu de yī fu sòng le huí lái cóng nà yǐ hòu cūn
意，才把所有的衣服送了回来。从那以后，村

zi li de rén men yòu kě yǐ tīng dào lǎo cái feng de gē shēng le
子里的人们又可以听到老裁缝的歌声了。

EQ点拨

老裁缝的歌声影响了村子里的人，人们都因为那悠
扬的歌声而心情愉悦，好的心情可以感染别人，给别人
带来快乐的同时，自己也能感受到更大的快乐。孩子们，
用你的好心情去感染更多的人吧!

神奇的医书

shen qi de yi shu

刺猬大夫有本神奇的医书，

只要对着病人念医书上写的

治疗咒语，就可以把病人的疾

病收集起来，不用打针吃药，

病人的病就能好。刺猬大夫把疾病装在一

个瓶子里，时间久了，各种疾病差不多都被

他装在瓶子里了，所以他也闲了下来。谁知

这本神奇的医书在收集疾病的同时也把小

动物们的笑声收集起来了。

yì tiān hú li mā ma duì cì wei dài fu shuō tā de bǎo bǎo bù
一天，狐狸妈妈对刺猬大夫说她的宝宝不

zhī dào wèi shén me zuì jìn yí gè yuè yì zhí yě bú xiào cì wei dài
知道为什么，最近一个月一直也不笑。刺猬大

fu xiào zhe shuō zhè bú suàn shén me bìng jiù ràng hú li mā ma
夫笑着说："这不算什么病。"就让狐狸妈妈

huí qù le
回去了。

guò le jǐ tiān lǎo xiàng yòu shuō dài fu wǒ de hái zi zuì
过了几天，老象又说："大夫，我的孩子最

jìn yì diǎnr dōu bú xiào zěn me bàn ne cì wei dài fu xiǎng nán
近一点儿都不笑，怎么办呢？"刺猬大夫想：难

dào jí bìng méi le dà jiā dōu jué de rì zi guò de méi jìnr le
道疾病没了，大家都觉得日子过得没劲儿了？

sòng zǒu le lǎo xiàng cì wei dài fu méi tóu jǐn suǒ zhè shì shén
送走了老象，刺猬大夫眉头紧锁：这是什

me bìng ne zěn me tū rán hái zi men dōu
么病呢？怎么突然孩子们都

bú xiào le ne cì wei dài fu gǎn jǐn fān
不笑了呢？刺猬大夫赶紧翻

chū le tā de
出了他的

yī shū xiǎng
医书，想

zài shàng miàn
在上面

xún zhǎo dá
寻找答

àn kě shì tā
案。可是他

一不小心碰倒了装疾病的瓶子，这下所有
的疾病都从瓶中跑了出来。

这时，从瓶中传来了一阵笑声，那是

孩子们的笑声。刺

猬大夫明白了，原

来医书在收集

孩子们身上的

疾病时，把孩子

们的笑声也收

集起来了。

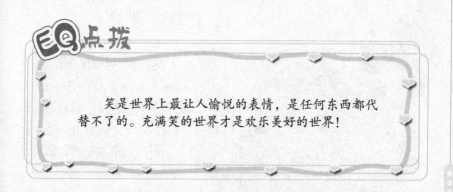

EQ点拨

笑是世界上最让人愉悦的表情，是任何东西都代
替不了的。充满笑的世界才是欢乐美好的世界！

谁跑得快
shei pao de kuai

tù zi hé liè gǒu shì yí duìr　　hǎo péng you
兔子和猎狗是一对儿好朋友。

tā men zhù de hěn jìn　jīng cháng zài yì qǐ wánr
他们住得很近，经常在一起玩儿。

yì tiān　tā men liǎng ge yào bǐ sài
一天，他们两个要比赛，

kàn dào dǐ shéi pǎo de kuài　hěn duō xiǎo dòng
看到底谁跑得快。很多小动

wù tīng shuō le　dōu lái kàn rè nao
物听说了都来看热闹。

tù zi duì liè gǒu shuō
兔子对猎狗说：

wǒ men rào zhè zuò shān pǎo sān
"我们绕这座山跑三

quān　nǐ gǎn bu gǎn bǐ
圈，你敢不敢比

shi　yí xiàng zhēng
试？"一向争

强好胜的猎狗当然不会服输,立刻就决定和兔子比一比。

这场比赛在森林中可是一件大事。支持兔子的动物们高呼:"小兔子最棒,小兔子最棒!"支持猎狗的动物们大喊:"猎狗必胜!"

比赛的结果是兔子首先冲过终点,不过,他倒在了终点线上,累得起不来了。猎狗则以一步之差败给了兔子,他到终点时气都喘不上来了

liǎng ge hǎo péng you zài jiā li tǎng le hǎo
两个好朋友在家里躺了好

jǐ tiān cái huī fù guo lai   duì yú zhè chǎng lìng zì
几天才恢复过来。对于这场令自

jǐ hé hǎo péng yǒu jīn pí lì jìn de bǐ sài
己和好朋友筋疲力尽的比赛，

tā men dōu hòu huǐ jí le   tù
他们都后悔极了。兔

zi qǐ chuáng róu rou zì jǐ
子起床揉揉自己

de tuǐ   jué dìng qù xiàng liè
的腿，决定去向猎

gǒu dào qiàn   tā gāng dǎ
狗道歉。他刚打

kāi mén jiù kàn jiàn liè gǒu zhàn zài
开门就看见猎狗站在

zì jǐ jiā mén kǒu   liǎng ge hǎo péng you dōu xiào le
自己家门口，两个好朋友都笑了。

EQ点拨

　　朋友之间的竞争应该是友谊第一，比赛第二。不能因为竞争而放弃友谊，更不能因为竞争而伤害自己，所以，在两者之间一定要找好平衡点啊！

月饼的来历
yue bing de lai li

　　chuán shuō　　qī xiān nǚ huí tiān gōng shí　　wèi dǒng yǒng liú xià le

传　说，七仙女回天宫时，为董永留下了

　yí gè ér zi　　dǒng yǒng yīn sī qī xīn qiè　　jiù lí kāi le rén jiān qù

一个儿子。董永因思妻心切，就离开了人间去

tiān gōng xún zhǎo qī xiān nǚ　　fù mǔ dōu bú zài shēn biān le　　zhè ge

天宫寻找七仙女。父母都不在身边了，这个

nán háir　　jiù shòu dào le huǒ bàn men de lěng luò　　huǒ bàn men mà tā

男孩儿就受到了伙伴们的冷落，伙伴们骂他

shì ge méi yǒu jiào yǎng de yě xiǎo zi　　yì tiān　　tā pǎo dào lǎo huái shù

是个没有教养的野小子。一天，他跑到老槐树

xià fàng shēng dà kū　　yuè liang shang de wú gāng kàn jiàn le　　jué de

下放声大哭。月亮上的吴刚看见了，觉得

zhè ge nán háir　　hěn kě lián　　biàn jí máng bàn chéng lǎo rén qù hǒng

这个男孩儿很可怜，便急忙扮成老人去哄

他，还给了他一双登云鞋，并叮嘱男孩儿：穿上登云鞋就能在月圆时到天上去看妈妈了。

男孩儿听了很高兴，等到月圆之日，他果然上天了。此时，收到吴刚传来消息的七仙女早已望眼欲穿，当她看到自己的孩子就在眼前时激动得泪如雨下，她将精心准备的食物、玩具都拿了出来，一时间忙得不亦乐乎。七仙女把嫦娥送来的桂花蜜加上花生、

hé tao rén　　zuò chéng
核桃仁，做成

xiànr　　　àn zhào yuán yuè de
馅儿，按照圆月的

yàng zi　　zuò chéng le xiān bǐng gěi hái zi chī
样子，做成了仙饼给孩子吃。

shéi zhī　　zhè jiàn shì bèi yù huáng dà dì zhī dào le
谁知，这件事被玉皇大帝知道了，

tā hěn bù xǐ huan zhè ge wài sūn　　jiù mìng lìng tiān
他很不喜欢这个外孙，就命令天

bīng tuō xià hái zi de dēng yún xié　ràng qí lín bǎ
兵脱下孩子的登云鞋，让麒麟把

hái zi sòng huí rén jiān
孩子送回人间。

huí dào rén jiān de nán háir　　rú tóng zuò le　yì cháng
回到人间的男孩儿如同做了一场

mèng　zhǐ jì de mā ma gěi tā zuò de xiān bǐng de yàng zi hé wèi
梦，只记得妈妈给他做的仙饼的样子和味

dào　zhè ge nán háir　　zhǎng dà yǐ hòu zuò le guān　biàn ràng bǎi xìng
道。这个男孩儿长大以后做了官，便让百姓

men zuò nà zhǒng yuán xíng de bǐng zi　zhè jiù shì hòu lái de yuè bing
们做那种圆形的饼子，这就是后来的月饼。

EQ点拨

　　圆圆的月饼饱含了七仙女浓浓的母爱，男孩儿虽然还是回到了人间，但是他将母爱铭刻在心中，并让代表母爱的月饼在人间永远流传。生活中的我们更要珍惜母爱呀！

小狗泰梅

xiao gou tai mei

xiǎo gǒu tài méi shì yì zhī jiā yǎng de chǒng wù gǒu   zhǔ rén de
小狗泰梅是一只家养的宠物狗,主人的

sān ge hái zi dōu hěn xǐ huan tā   shí cháng dài tā chū qù wánr
三个孩子都很喜欢它,时常带它出去玩儿。

zài yí gè yáng guāng
在一个阳光

míng mèi de zǎo chen   mā ma
明媚的早晨,妈妈

dǎ suàn dài zhe hái zi men
打算带着孩子们

去野餐。妈妈决定只带着三个孩子去,留下泰梅看家,孩子们一听很失望。他们准备了很多好吃的东西和野餐的工具,安排好座位后,妈妈对泰梅说:"你是一只听话的小狗,你留在家里看家啊!"说完就带着孩子们上路了。

妈妈把车开到了加油站,加油工给车加完油后,走到妈妈身边问:"那是你们的狗吗?夫人,它在您的车顶上。"加油工说着从车顶上抱下了泰梅,妈妈谢过加油工后就从他手里接过泰梅,放在了地上,严厉地说:"泰梅,回家!"原来,泰梅一直跟着主人的车跑,并趁车速减慢时跳上了车顶。可怜的泰梅听到主人的呵斥后,只得耷拉着脑袋往回走。孩子们失落极了,他们都沉浸在以前与泰梅玩耍的欢乐中,甚至忘记了欣赏周围的美景。

tū rán hái zi men tīng dào cóng hòu miàn chuán lái le wāng
突然，孩子们听到从后面传来了"汪！

wāng de jiào shēng shēng yīn yuè lái yuè jìn zhǐ jiàn yí liàng qì
汪！"的叫声。声音越来越近，只见一辆汽

chē zhuī shàng le tā men kāi chē de shì tā men de lín jū pí tè shū
车追上了他们，开车的是他们的邻居皮特叔

shu tòu guò chē chuāng hái néng kàn dào yì zhī xiǎo gǒu zhè xiǎo gǒu jìng
叔，透过车窗还能看到一只小狗，这小狗竟

rán shì tài méi pí tè shū shu zhuī shàng le tā men de chē xiào zhe
然是泰梅。皮特叔叔追上了他们的车，笑着

shuō wǒ cāi xiǎng nǐ men yí dìng shì wàng jì dài shàng tiáo pí de
说："我猜想，你们一定是忘记带上调皮的

tài méi le wǒ gāng cái zài jiā yóu zhàn kàn dào tā zhèng zhuī nǐ men de
泰梅了，我刚才在加油站看到它正追你们的

chē zi wǒ zhuī le hǎo bàn tiān cái zhuī dào tā ne mā ma máng
车子，我追了好半天才追到它呢！"妈妈忙

shuō xiè xie nǐ pí tè xiān sheng jiē zhe mā ma wú nài de
说："谢谢你，皮特先生。"接着，妈妈无奈地

kàn zhe tài méi shuō guò lái ba tài méi tài méi yí xià zi jiù
看着泰梅，说："过来吧，泰梅！"泰梅一下子就

185

tiào dào le mā ma de qì chē li
跳到了妈妈的汽车里。

hái zi men huān hū què yuè yīn wèi tā men yòu néng gēn xīn ài
孩子们 欢呼雀跃，因为他们又能跟心爱

de tài méi zài yì qǐ wánr le chē shang yáng yì zhe huān xiào
的泰梅在一起玩儿了，车上 洋溢着欢笑

shēng fǎng fú zhuāng le zhěng gè chūn tiān
声，仿佛装了整个春天。

　　想一想，是什么让小狗泰梅实现了和孩子们一起
野餐的愿望呢？如果我们身上也有小狗泰梅这种执著
不放弃的精神，相信任何困难都会迎刃而解的。

蚊子和狮子
wen zi he shi zi

yì tiān yì zhī wén zi fēi dào yì zhī shī
一天，一只蚊子飞到一只狮

zi gēn qián tiǎo xìn de duì shī zi shuō nǐ
子跟前，挑衅地对狮子说："你

rèn wéi nǐ shì shòu zhōng zhī wáng suǒ yǒu
认为你是兽中之王，所有

de dòng wù dōu pà nǐ wǒ suī rán
的动物都怕你。我虽然

shì yì zhī xiǎo xiǎo de wén zi dàn
是一只小小的蚊子，但

wǒ jiù bù bǎ nǐ fàng zài yǎn
我就不把你放在眼

li zán men bǐ yi bǐ
里！咱们比一比，

kàn wǒ rú hé yíng nǐ
看我如何赢你。"

shī zi rěn wú kě rěn
狮子忍无可忍，

biàn shuō dào   hǎo ba   jì rán nǐ yào zì tǎo kǔ chī   jiù ràng wǒ men
便说道:"好吧,既然你要自讨苦吃,就让我们
lái bǐ ge gāo dī ba
来比个高低吧!"

zhè shí   zhǐ jiàn wén zi pū xiàng shī zi   zài tā de bí zi
这时,只见蚊子扑向狮子,在他的鼻子
shang yǎo le   jǐ kǒu   shī zi qì de shēn chū zhuǎ zi lai zhuā wén zi
上咬了几口。狮子气得伸出爪子来抓蚊子,
kě wén zi bì kāi le   yì zhuǎn yǎn   tā yòu fēi hui lai dīng shī zi de
可蚊子避开了,一转眼,他又飞回来叮狮子的
bí zi   shī zi hǎo xiàng fēng zi shì de luàn bèng luàn tiào
鼻子。狮子好像疯子似的乱蹦乱跳,
rán ér què shǐ zhōng méi pèng dào wén zi   wén zi yī rán
然而却始终没碰到蚊子,蚊子依然
yí gè jìnr   de yǎo zhe shī zi
一个劲儿地咬着狮子。

wén zi fēi dào yì biān
蚊子飞到一边
cháo xiào shī zi shuō   nǐ de
嘲笑狮子说:"你的
lì liàng zài wǒ
力量在我
miàn qián jiǎn zhí yì
面前简直一
wén bù zhí
文不值!"
cǐ kè
此刻
shī zi de bí
狮子的鼻

子被蚊子叮得火辣辣的疼，压根儿没有兴趣接蚊子的话茬儿，他只想把鼻子放进水中减轻疼痛。蚊子打败了狮子，实在是太得意了，他漫不经心地飞着，结果撞到了蜘蛛网上。他

伤心地说："唉，我真倒霉啊！我曾打败了兽中之王，可眼下却要被一只不足挂齿的小动物——蜘蛛吃掉了。"

EQ点拨

　　蚊子虽然戏弄了狮子，但还是被蜘蛛吃掉了，其实这个世界上根本没有最强大的力量，谁都有自己的优势和劣势，所以不要盲目自大，更不要去嘲笑别人。

好伙伴
hǎo huǒ bàn

xiǎo chǒu yú dú zì shēng huó zài dà hǎi li　tā gū dān jí le
小丑鱼独自生活在大海里，她孤单极了。

yì tiān　xiǎo chǒu yú chī guo fàn　dú zì zài hǎi li zhuàn you qi
一天，小丑鱼吃过饭，独自在海里转悠起

lai　tū rán　yì zhī xiōng è de zhāng yú zhāng kāi　zhī jù dà wàn
来。突然，一只凶恶的章鱼张开8只巨大腕

zú　měng de xiàng tā
足，猛地向她

pū guo lai
扑过来！

xiǎo chǒu yú pīn
小丑鱼拼

mìng de yóu ya yóu
命地游呀游。

huāng luàn zhōng　tā
慌乱中，她

fā xiàn shēn biān de hǎi kuí zhèng
发现身边的海葵正

在向她招手。小丑鱼来不及多想，一纵身钻进了海葵的怀里。海葵向追来的章鱼伸出了长长的触手。章鱼吓得大叫一声，立刻逃跑了。

从那以后，小丑鱼和长着毒触手的海葵成了很好的朋友。

一次，海葵一脸憧憬地对小丑鱼说："要是有一天我能像你们鱼儿一样，自由自在地在大海里游泳，那该多好啊！"

小丑鱼想：一定要想个好办法，帮海葵实现这个愿望。

终于，小丑鱼想出了个好办法。她高兴地一摆小尾巴，来到螃蟹家。她对螃蟹讲了海葵的事，并

qiě wèn　　　páng xiè ya　　nǐ yuàn yì bēi zhe hǎi kuí yì qǐ yóu lǎn dà
且问："螃蟹呀，你愿意背着海葵一起游览大

hǎi ma
海吗？"

páng xiè shēn chū liǎng tiáo cháng cháng de xiè tuǐ　xiào hē hē de
螃蟹伸出两条长长的蟹腿，笑呵呵地

shuō　　yuàn yì　　yuàn yì
说："愿意！愿意！"

yú shì　　dì èr tiān　hǎi kuí zuò zài le páng xiè kuān kuò de bèi
于是，第二天，海葵坐在了螃蟹宽阔的背

shang　　hé xiǎo chǒu yú yì　qǐ áo yóu dà hǎi le　　à　　dà hǎi zhēn
上，和小丑鱼一起遨游大海了！"啊，大海真

shi tài měi le　　kě shì　hǎi kuí yì xiǎng dào yì
是太美了！"可是，海葵一想到一

zhí bēi zhe zì jǐ de páng xiè　jiù jué
直背着自己的螃蟹，就觉

de yǒu diǎnr　　bù hǎo yì
得有点儿不好意

si　　yú shì wèn dào
思，于是问道：

páng xiè ya　nǐ lèi bu lèi a

"螃蟹呀，你累不累啊？"

bú lèi　bú lèi　páng xiè shuō　wǒ yě yuàn yì zài dà

"不累，不累。"螃蟹说，"我也愿意在大

hǎi li sàn bù　kě shì　yīn wèi dào chù dōu yǒu dí rén　suǒ yǐ cái bù

海里散步。可是，因为到处都有敌人，所以才不

néng qù　xiàn zài yǒu nǐ zài wǒ shēn biān　jiù ān quán duō le

能去。现在有你在我身边，就安全多了！"

sān ge hǎo huǒ bàn zài yì qǐ hù xiāng bāng zhù　zài yě méi yǒu

三个好伙伴在一起互相帮助，再也没有

rén gǎn qī fu tā men le

人敢欺负他们了。

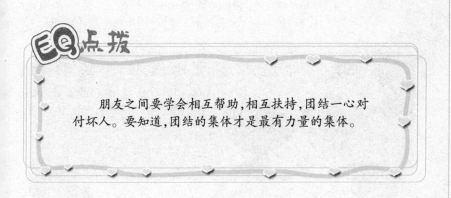

EQ点拨

朋友之间要学会相互帮助，相互扶持，团结一心对付坏人。要知道，团结的集体才是最有力量的集体。

欢欢的遥控器
huan huan de yao kong qi

huān huan zài sēn lín li wánr de shí hou jiù
欢欢在森林里玩儿的时候，救

le yì zhī shòu shāng de xiǎo hú li hú li mā ma gěi
了一只受伤的小狐狸。狐狸妈妈给

le huān huan yí gè yáo kòng qì shuō nǐ yòng zhè
了欢欢一个遥控器，说："你用这

ge yáo kòng qì kě yǐ yáo kòng yì zhī dòng wù
个遥控器可以遥控一只动物，

dàn yáo kòng qì zhǐ néng shǐ yòng
但遥控器只能使用

yí cì
一次。"

huān huan ná zhe yáo kòng qì kāi xīn de tiào qi lai　zhè shí

欢 欢拿着遥控器开心地跳起来。这时，

yíng miàn zǒu lái yì tóu shuǎi zhe cháng bí zi de dà xiàng　huān huan

迎面走来一头甩着长鼻子的大象。欢 欢

xiǎng　wǒ lái yáo kòng dà xiàng ba　tā nà me dà　qí zhe tā duō

想：我来遥控大象吧！它那么大，骑着它多

shén qì　kě shì tā zhuǎn niàn yì xiǎng yòu fàng qì le　dà xiàng tài

神气！可是他转念一想又放弃了，大象太

dà le　bù néng dài huí jiā

大了，不能带回家。

zhè shí　huān huan yòu kàn jiàn yì zhī xiǎo mǎ yǐ　　ràng wǒ lái

这时，欢 欢又看见一只小蚂蚁，"让我来

yáo kòng xiǎo mǎ yǐ ba　huān huan zì yán zì yǔ dào　　bù xíng　mǎ

遥控小蚂蚁吧！"欢 欢自言自语道："不行，蚂

yǐ tài xiǎo　zǒu lù tài màn le　jiù zài huān huan bù zhī gāi yáo kòng

蚁太小，走路太慢了。"就在欢 欢不知该遥控

nǎ ge dòng wù shí　yì zhī xiǎo tù

哪个动物时，一只小兔

cóng tā yǎn qián de cǎo dì shang fēi

从他眼前的草地上飞

sù pǎo guò　hǎo　jiù yáo kòng xiǎo

速跑过。"好，就遥控小

tù ba　xiǎo tù duō kě ài　wǒ

兔吧！小兔多可爱，我

hái kě yǐ bǎ tā dài gěi xiǎo péng

还可以把它带给小朋

yǒu men kàn

友们看！"

jiù zài huān huan xiǎng yáo

就在欢 欢想遥

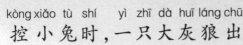

kòng xiǎo tù shí, yì zhī dà huī láng chū
控 小 兔 时,一 只 大 灰 狼 出

xiàn le。 yuán lái, dà huī láng shì zài zhuī xiǎo tù a! huān
现 了。原 来,大 灰 狼 是 在 追 小 兔 啊!欢

huān jí máng bǎ yáo kòng qì duì zhǔn le dà huī láng, àn xià le àn
欢 急 忙 把 遥 控 器 对 准 了 大 灰 狼,按 下 了 按

niǔ。 dà huī láng lì jí bèi kòng zhì le。 huān huan àn dōng bian de àn
钮。大 灰 狼 立 即 被 控 制 了。欢 欢 按 东 边 的 按

niǔ, dà huī láng jiù wǎng
钮,大 灰 狼 就 往

dōng bian pǎo; àn xī bian de
东 边 跑;按 西 边 的

àn niǔ, dà huī láng jiù wǎng xī
按 钮,大 灰 狼 就 往 西

bian pǎo; huān huan yì zhí àn zhe nán
边 跑;欢 欢 一 直 按 着 南

bian de àn niǔ, dà huī láng jiù cháo nán
边 的 按 钮,大 灰 狼 就 朝 南

bian yì zhí pǎo qù
边 一 直 跑 去。

xiǎo tù dé jiù le, tā guò
小 兔 得 救 了,它 过

lái xiàng huān huan dào xiè　　huān huan kāi xīn de xiào le　　tā bǎ yáo
来 向 欢 欢 道 谢。欢 欢 开 心 地 笑 了，他 把 遥

kòng qì gù dìng zài yì kē shù shang　kě wù de dà huī láng jiù yì zhí
控 器 固 定 在 一 棵 树 上 。可 恶 的 大 灰 狼 就 一 直

xiàng nán pǎo qù le　　shéi yě bù zhī dào tā yào pǎo dào nǎ lǐ
向 南 跑 去 了，谁 也 不 知 道 它 要 跑 到 哪 里。

EQ点拨

　　善良的人会善待他周围的每一个人，就像故事中的
欢欢一样，他的理想是遥控自己喜爱的小动物，但当他看
到凶恶的大灰狼时，他放弃了自己原来的想法，用自己的
爱心拯救了可爱的小兔。

小猴下山
xiao hou xia shan

zài yí zuò hěn gāo de dà shān shang，zhù zhe yì zhī xiǎo hóu
在一座很高的大山上，住着一只小猴

zi。tā shén me dōu hǎo，jiù shì gàn shén me shìr dōu bù zhuān xīn
子。他什么都好，就是干什么事儿都不专心，

ér qiě cháng cháng bàn tú ér fèi
而且常常半途而废。

yǒu yì tiān tā
有一天，他

xiǎng zhěng tiān zhù zài
想：整天住在

shān shang yǒu shén me
山上有什么

hǎo wánr de
好玩儿的，

quán wánr biàn
全玩儿遍

le hái shì dào
了，还是到

shān xià qù zǒu zou　　shuō bu dìng néng pèng shàng shén me hǎo chī de
山下去走走，说不定能 碰 上 什么好吃的、

hǎo wánr de dài diǎnr huí lái wánr
好玩儿的,带点儿回来玩儿。

yú shì tā jiù lái dào le shān xià zǒu ya zǒu ya zǒu le
于是,他就来到了山下。走呀,走呀,走了

xǔ duō lù
许多路,

tā kàn dào qián
他看到前

miàn yǒu yí piàn
面有一片

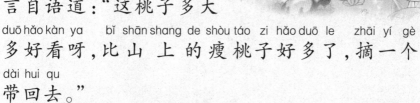

táo shù lín táo shù shang jiē
桃树林。桃树 上 结

mǎn le táo zi yòu hóng yòu dà
满了桃子,又红又大。

xiǎo hóu zi kuài huo jí le tā zì
小猴子快活极了,他自

yán zì yǔ dào zhè táo zi duō dà
言自语道:"这桃子多大

duō hǎo kàn ya bǐ shān shang de shòu táo zi hǎo duō le zhāi yí gè
多好看呀,比山 上 的瘦桃子好多了,摘一个

dài huí qu
带回去。"

tā pá dào táo shù shang zhāi le yí gè zuì dà zuì hóng de táo
他爬到桃树 上 ,摘了一个最大最红的桃

zi tā bǎ dà hóng táo zi pěng zài shǒu li gāo gāo xìng xìng de yòu
子。他把大红桃子捧在手里,高高兴兴地又

wǎng qián zǒu
往前走。

tā yòu zǒu le hěn cháng shí jiān　jīng guò yí gè cài yuán zi　cài
他又走了很长时间，经过一个菜园子。菜
yuán zi lǐ zhòng zhe qié zi　là jiāo　fān qié　　zài cài yuán zi
园子里种着茄子、辣椒、番茄……在菜园子
de biān shang hái zhòng zhe yù mǐ ne　xiǎo hóu zi kàn zhe yù mǐ shuō
的边上还种着玉米呢。小猴子看着玉米说：
zhè dōng xi chuān zhe lǜ lǜ de páo zi　zhǎng zhe cháng cháng de hú
"这东西穿着绿绿的袍子，长着长长的胡
zi　shān shang kě méi yǒu　wǒ zhāi yí gè dài huí qu
子，山上可没有，我摘一个带回去。"
tā rēng xià táo zi　diǎn zhe jiǎo　bāi xià yí gè dà yù mǐ　zài
他扔下桃子，踮着脚，掰下一个大玉米，再
bǎ yù mǐ bēi zài jiān shang
把玉米背在肩上，
gāo gāo xìng xìng de wǎng qián
高高兴兴地往前
zǒu le
走了。

小猴子又往前走了一段路。他经过一块瓜地。这瓜地绿油油的，一个个大西瓜圆圆的，正朝他笑呢！小猴子乐得摇头摆尾："这大西瓜真好，山上可没有，我摘一个带回去。"

他扔下玉米，蹲在地上摘了个大西瓜抱在怀里，高高兴兴地又往前走。

走呀，走呀，大西瓜太重了，把小猴子累得直喘粗气。他就放下西瓜，一屁股坐在地上休息。忽然，一只野兔从身边跑过，小猴子一下子蹦起来，大声喊着："要是抓只兔子回去，就更带劲儿啦！"

tā diū xià xī
他丢下西

guā xiàng yě tù pū
瓜，向野兔扑

qù nà tù zi yí bèng yí tiào
去。那兔子一蹦一跳

de zài qián miàn pǎo xiǎo hóu zi yí
地在前面跑，小猴子一

bèng yí tiào de zài hòu miàn zhuī kě
蹦一跳地在后面追。可

shì tù zi pǎo de tài kuài le yí xià zi jiù méi yǐngr le
是，兔子跑得太快了，一下子就没影儿了。

tiān màn màn de hēi le zhè shí xiǎo hóu zi jué de yǒu diǎnr
天慢慢地黑了，这时，小猴子觉得有点儿

hài pà gǎn jǐn wǎng huí zǒu tā liǎng shǒu kōng kōng de huí dào le
害怕，赶紧往回走，他两手空空地回到了

shān shang yīn wèi tā xǐ xīn yàn jiù bàn tú ér fèi suǒ yǐ shén me
山上。因为他喜新厌旧、半途而废，所以什么

dōu méi dé dào
都没得到。

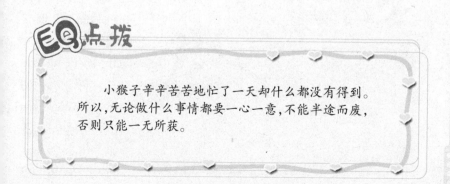

EQ点拨

　　小猴子辛辛苦苦地忙了一天却什么都没有得到。
所以，无论做什么事情都要一心一意，不能半途而废，
否则只能一无所获。

最美的月亮

zui mei de yue liang

zài tiān gōng li
在天宫里,

zhù zhe tiān shén mā
住着天神妈

ma hé tā de sān ge hái zi
妈和她的三个孩子:

tài yáng yuè
太阳、月

liang hé fēng
亮和风。

yì tiān
一天,

sān ge hái zi qù lóng
三个孩子去龙

wáng jiā chī fàn
王家吃饭。

tài yáng hé fēng bǎ hǎo chī
太阳和风把好吃

de dōu chī guāng le
的都吃光了,

shén me
什么

yě méi dài huí lai
也没带回来,

tiān shén mā ma
天神妈妈

hěn shī wàng
很失望。

zhè
这

shí
时,

kě ài de
可爱的

yuè liang mèi mei ān wèi mǔ qīn shuō　　 mā ma　 cháng chang wǒ gěi nǐ
月 亮 妹 妹 安 慰 母 亲 说 ："妈 妈, 尝 尝 我 给 你

dài hui lai de fàn cài ba　　 yuán lái　 yuè liang bǎ měi yàng cài dōu liú
带 回 来 的 饭 菜 吧!"原 来, 月 亮 把 每 样 菜 都 留

le yì xiē　 tiān shén mā ma duì nǚ ér shuō　　 yuè liang　 hǎo nǚ ér
了 一 些。天 神 妈 妈 对 女 儿 说 ："月 亮, 好 女 儿,

nǐ shì zhè yàng dǒng shì　 xiào shùn　 yǐ hòu rén men zhǐ yào kàn jiàn nǐ
你 是 这 样 懂 事、孝 顺 , 以 后 人 们 只 要 看 见 你

jiù huì hěn xǐ huan nǐ de
就 会 很 喜 欢 你 的。"

　　孝敬父母、关心别人的人,同样也会得到别人的
尊敬和喜爱,让我们向小月亮学习,做一个细心、孝顺
的好孩子。

蘑菇伞
mo gu san

chūn tiān，tù mā ma shēng le yì
春天，兔妈妈生了一
zhī kě ài de tù bǎo bǎo　tā zhǎng zhe
只可爱的兔宝宝。她长着
xuě bái de máo　cháng cháng de ěr duo
雪白的毛，长长的耳朵，
hóng hóng de yǎn jing
红红的眼睛，
kě ài jí le　dà
可爱极了。大
jiā dōu jiào tā xiǎo tù
家都叫她小兔
bái bai
白白。

yì tiān　bái
一天，白
bái qù sēn lín li
白去森林里

wánr　　gāng zǒu méi duō yuǎn
玩儿，刚 走 没 多 远，

jiù fā xiàn yì kē
就 发 现 一 棵

dà sōng shù xià
大 松 树 下

zhǎng zhe yí gè
长 着 一 个

mó gu　　zhè ge
蘑 菇，这 个

mó gu hǎo dà hǎo
蘑 菇 好 大 好

dà　　bái bai bǎ mó gu cǎi xia lai　　zhǔn bèi dài huí jiā
大。白 白 把 蘑 菇 采 下 来，准 备 带 回 家。

　　　　hōng lōng lōng　　　　dǎ qǐ le léi　bù yí huìr　　biàn huā
　　"轰 隆 隆……"打 起 了 雷，不 一 会 儿，便 哗

huā de xià qǐ le dà yǔ　cōng míng de bái bai káng qǐ mó gu biàn
哗 地 下 起 了 大 雨。聪 明 的 白 白 扛 起 蘑 菇 便

wǎng jiā zǒu
往 家 走。

　　　　xiǎo bái tù jiě jie　ràng wǒ zài nǐ de mó gu sǎn xià miàn duǒ
　　"小 白 兔 姐 姐，让 我 在 你 的 蘑 菇 伞 下 面 躲

duǒ yǔ　xíng ma
躲 雨，行 吗？"

　　　　bái bai tái tóu yí kàn　shì hú dié mèi mei　lián máng shuō　kuài
　　白 白 抬 头 一 看，是 蝴 蝶 妹 妹，连 忙 说："快

lái ba
来 吧！"

　　　　bái bai hé hú dié jì xù cháo qián zǒu　yì zhī xiǎo mì fēng fēi
　　白 白 和 蝴 蝶 继 续 朝 前 走，一 只 小 蜜 蜂 飞

来了，说：“小白兔姐姐，让我进去躲躲雨吧！”

“好，快来吧！”白白高兴地说。

白白、蝴蝶和小蜜蜂又继续朝前走。走啊，走啊，一只小猴子走过来说：“小白兔姐姐，让我躲躲雨吧，我有病，淋不得雨。”

白白着急了，躲雨的伙

bàn tài duō　mó gu bú gòu dà　zěn me bàn ne　tū rán　tā de yǎn
伴太多，蘑菇不够大，怎么办呢？突然，她的眼

zhūr　yí zhuàn　xiǎng chū le　yí gè hǎo bàn fǎ　tā bǎ sǎn jiāo gěi
珠儿一转，想出了一个好办法，她把伞交给

xiǎo hóu zi　gāo xìng de shuō　　xiǎo hóu zi dì di　zhè sǎn gěi nǐ
小猴子，高兴地说："小猴子弟弟，这伞给你

men dǎ　wǒ dào nà kē dà shù xià qù duǒ yǔ　nǐ men kuài huí jiā
们打。我到那棵大树下去躲雨，你们快回家

qu ba
去吧！"

xiè xie nǐ　xiǎo bái tù jiě jie　　tā men gǎn jī de shuō
"谢谢你，小白兔姐姐。"他们感激地说。

dà yǔ yì zhí xià zhe　bái bai yí gè rén duǒ zài dà shù xià　yòu
大雨一直下着，白白一个人躲在大树下，又

lěng yòu pà　dàn tā zhēn chéng de bāng zhù le bié ren　suǒ yǐ xīn li
冷又怕，但她真诚地帮助了别人，所以心里

què shì tián tián de
却是甜甜的。

　　乐于助人的人会在帮助别人的同时得到快乐。其实我们在帮助别人的同时，自己也在渐渐地成长。所以，不要吝啬自己的热情，为需要帮助的人们献出自己的一片爱心吧！

天空爷爷的早餐
tian kong ye ye de zao can

这天，天空爷爷一觉醒来，突然觉得肚子很饿，天空爷爷想：该吃点儿东西了。可是吃点儿什么呢？天空爷爷四处看了看，有好多

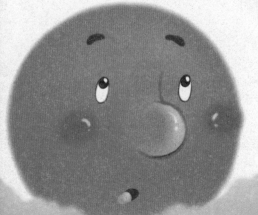

云彩，他尝了一口云彩，感觉好像什么都没有吃到，他又咬了一口星星，好硬呀，差点儿把他的牙硌掉

　　童话的世界充满了童真而又奇幻的遐想。你看,天空爷爷虽然年纪大了,可是他还拥有强烈的好奇心和勇于尝试的精神,这些都是值得我们钦佩的品质啊!

le tiān kōng yé ye yì dī tóu yòu kàn dào le tài yáng huáng huáng
了。天空爷爷一低头,又看到了太阳,黄 黄

de liàng liàng de tā yì kǒu jiù bǎ tài yáng tūn dào le dù zi li
的,亮亮的,他一口就把太阳吞到了肚子里,

kě shì yóu yú tūn de tài kuài yě méi chī chū shén me wèi dào lai
可是由于吞得太快,也没吃出什么味道来。

dì èr tiān tiān kōng yé ye jué de hěn bù shū fu rěn bu zhù
　　第二天,天空爷爷觉得很不舒服,忍不住

dǎ le ge pēn tì bǎ tài yáng cóng dù zi li dǎ huí dào le kōng
打了个喷嚏,把太阳从肚子里打回到了空

zhōng tiān kōng yé ye xiǎng yǐ hòu kě
中。天空爷爷想,以后可

bù néng zài luàn chī dōng xi le
不能再乱吃东西了。

想要飞的猴子
xiang yao fei de hou zi

táo tao shì yì zhī huó pō kě ài de xiǎo hóu
淘淘是一只活泼可爱的小猴

zi tā zhěng tiān zài shù zhī shang dàng lái dàng qù
子，他整天在树枝上荡来荡去

de zhōng yú wánr nì le tā kàn jiàn xǔ duō
的，终于玩儿腻了。他看见许多

dòng wù dōu huì fēi yú shì yě xiǎng xiàng tā men
动物都会飞，于是也想像他们

nà yàng fēi qi lai
那样飞起来。

yǒu yì tiān tā duì
有一天，他对

yīng ā yí shuō wèi shén
鹰阿姨说："为什

me wǒ bù néng xiàng
么我不能像

nǐ nà yàng zài
你那样在

tiān kōng zhōng zì yóu zì zài de fēi xiáng ne
天空中自由自在地飞翔呢?”

yīng ā yí shuō shì bu shì nǐ chuān de xié tài chén le nǐ bǎ xié tuō diào shì shi ba
鹰阿姨说:“是不是你穿的鞋太沉了?你把鞋脱掉试试吧。”

táo tao tuō diào xié pá shàng le shù shāo gāng xiǎng fēi biàn pū tōng yì shēng diào le xià lái
淘淘脱掉鞋,爬上了树梢,刚想飞,便“扑通”一声掉了下来。

hú dié mèi mei fēi lái le shuō nǐ xiǎng fēi děi yǒu chì bǎng cái xíng a
蝴蝶妹妹飞来了,说:“你想飞,得有翅膀才行啊。”

yú shì táo tao huí jiā zuò le yí duì chì bǎng dàn hái shi méi yǒu fēi qi lai
于是,淘淘回家做了一对翅膀,但还是没有飞起来。

huà méi xiǎo jiě fēi lái gào su tā jǐn yǒu chì bǎng hái bú gòu chì bǎng shang děi yǒu yǔ máo
画眉小姐飞来告诉他:“仅有翅膀还不够,翅膀上得有羽毛。”

táo tao yòu duì chì bǎng jìn xíng le gǎi zhuāng zài chì bǎng shang zhuāng shàng le yǔ máo kě hái shi méi yǒu chéng gōng
淘淘又对翅膀进行了改装,在翅膀上装上了羽毛,可还是没有成功。

táo tao yǒu xiē jǔ sàng le fēi qi lai zěn me zhè me nán a
淘淘有些沮丧了,飞起来怎么这么难啊!

zhè shí yīng ā yí hú dié mèi mei hé huà méi xiǎo jiě dōu gǎn lái le
这时鹰阿姨、蝴蝶妹妹和画眉小姐都赶来了,

EQ点拨

　　梦想的实现需要长期的不懈努力,也需要别人真诚的帮助。猴子便是靠着执著的努力,在别人的帮助下实现了飞行的愿望,想一想,你的愿望是如何实现的?

tā men dōu ān wèi táo tao shuō
她们都安慰淘淘说:"你再试一次吧,这次肯
nǐ zài shì yí cì ba　zhè cì kěn

dìng néng fēi qi lai
定能飞起来。"

shuō wán dà jiā yòng zuǐ yǎo jǐn táo
说完大家用嘴咬紧淘

tao de yī fu　bāng zhù tā fēi le qǐ
淘的衣服,帮助他飞了起

lái　táo tao xīng fèn de dà shēng
来,淘淘兴奋地大声

shuō　wǒ zhōng yú fēi qi
说:"我终于飞起

lai le　xiè xie dà jiā
来了,谢谢大家,

nǐ men xīn kǔ le
你们辛苦了。"

达尔丹

da er dan

在一片美丽的草原上，住着一位老人，
老人有三个儿子，老大和老二都很精明，小儿
子达尔丹却憨厚老实。

天有不测风云，草原上一连5个月都没

yǒu xià yǔ cǎo dōu gān sǐ le niú mǎ yě
有下雨,草都干死了,牛马也
dōu kuài kě sǐ le lǎo rén jué dìng bān jiā
都快渴死了。老人决定搬家,
kě shì jiā li jǐn shèng xià yì pǐ mǎ yú
可是家里仅剩下一四马。于
shì liǎng ge gē ge tōu le mǎ táo zǒu le
是两个哥哥偷了马,逃走了,
zhǐ shèng xià le lǎo rén hé dá ěr dān zài gān hàn de cǎo yuán shang
只剩下了老人和达尔丹在干旱的草原上。
lǎo rén shāng xīn jí le dá ěr dān duì lǎo rén shuō fù qīn wǒ
老人伤心极了,达尔丹对老人说:"父亲,我
tīng shuō xī fāng yǒu ge nián lǎo de zhì zhě wǒ qù wèn wen tā wǒ men
听说西方有个年老的智者。我去问问他,我们
gāi zěn me dù guò nán guān
该怎么渡过难关。"

dá ěr dān shàng lù le lù shang dào chù shì yí piàn gān hàn
达尔丹上路了,路上到处是一片干旱
de jǐng xiàng dá ěr dān gù bu de xiū xi rì yè gǎn lù zhōng yú
的景象。达尔丹顾不得休息,日夜赶路,终于
zài tā kuài yào dǎo xia qu de shí hou jiàn dào le zhì zhě zhì zhě shuō
在他快要倒下去的时候见到了智者。智者说:
nǐ de shàn liáng yǔ zhí zhuó yǐ jīng gǎn dòng le shàng tiān zài nǐ huí
"你的善良与执著已经感动了上天,在你回
qù de lù shang nǐ huì kàn dào xīn xīn xiàng róng de jǐng xiàng
去的路上,你会看到欣欣向荣的景象!"

dì èr tiān dá ěr dān kāi shǐ fǎn huí jiā zhōng lù shang guǒ
第二天,达尔丹开始返回家中。路上果
rán méi yǒu le gān hàn děng tā dào jiā shí fù qīn zhèng zài gěi yí
然没有了干旱,等他到家时,父亲正在给一

dà qún niú yáng shū lǐ pí máo ne yú shì lǎo rén hé dá ěr dān yòu
大群牛羊梳理皮毛呢！于是，老人和达尔丹又

guò shàng le xìng fú de shēng huó
过上了幸福的生活。

tū rán yǒu yì tiān
突然有一天，

liǎng ge gē ge huí lái
两个哥哥回来

le yuán lái tā men suǒ
了，原来他们所

dào de dì fang yòu fā
到的地方又发

shēng le gān hàn lǎo rén
生了干旱。老人

yuán liàng le tā men tā men yě wèi céng jīng de guò cuò gǎn dào wàn fēn
原谅了他们，他们也为曾经的过错感到万分

xiū kuì cóng cǐ yǐ hòu tā men biàn de hé dá ěr dān yí yàng qín láo
羞愧，从此以后他们变得和达尔丹一样勤劳

shàn liáng le
善良了。

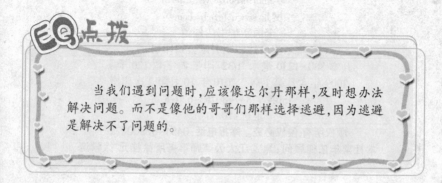

EQ点拨

　　当我们遇到问题时，应该像达尔丹那样，及时想办法解决问题。而不是像他的哥哥们那样选择逃避，因为逃避是解决不了问题的。

图书在版编目(CIP)数据

EQ 情商教育故事 / 崔钟雷主编.—哈尔滨：哈尔滨出版社,2009.4(2010.10 重印)

（小学生新课标课外读物）

ISBN 978-7-80753-620-8

Ⅰ. E… Ⅱ.崔… Ⅲ.汉语拼音 – 儿童读物 Ⅳ.H125.4

中国版本图书馆 CIP 数据核字(2009)第 036061 号

策　　划：钟　雷
责任编辑：王乃铮　叶丽梅
装帧设计：稻草人工作室

EQ 情商教育故事

主　编：崔钟雷　　副主编：王丽萍　代文秀
哈尔滨出版社出版发行
哈尔滨市香坊区泰山路 82-9 号
邮政编码:150090　　营销电话:0451-87900345
E-mail:hrbcbs@yeah.net
网址:www.hrbcbs.com
全国新华书店经销
哈尔滨申达印刷有限公司印刷

开本 880×1230 毫米　1/32　印张 7　字数 120 千字
2009 年 4 月第 1 版　2010 年 10 月第 2 次印刷
ISBN 978-7-80753-620-8
定价:10.00 元